Die Autorin studierte Germanistik, Psychologie und Medienkultur, promovierte in Neuerer Deutscher Literaturwissenschaft und absolvierte ein Fernstudium in Journalismus.

Heute bloggt sie auf *wortopolis.de*, schreibt als freiberufliche Texterin und Redakteurin und veröffentlicht unter dem Namen Lilu Kestlinger Bücher und Geschichten für Kinder, Jugendliche und junge oder jung gebliebene Erwachsene. Außerdem schreibt sie unter dem Künstlernamen Edda Keyser Romane über Familie, Freundschaft, Liebe und die Suche nach sich selbst.

Mehr Informationen über die Autorin und ihre Projekte gibt es unter www.wortopolis.de.

Lilu Kestlinger

Suchan

Ein Kolibri in Deutschland

1

Die Deutsche Nationalbibliothek verzeichnet diese Publikation in der Deutschen Nationalbibliografie; detaillierte bibliografische Daten sind im Internet über dnb.dnb.de abrufbar.

4. Auflage 2018
1. Auflage 2016

© 2018 Lilu Kestlinger

Umschlaggestaltung und Illustrationen: Lilu Kestlinger
Herstellung und Verlag: BoD – Books on Demand, Norderstedt

ISBN: 978-3-7481-9956-4

1. Im Flugzeug nach Deutschland

Auf dem Sitz neben Suchin schnarchte ein dicker Mann. Er machte sich eklig breit und dünstete einen Geruch nach Zwiebeln, Schweiß und süßem Parfum aus. Hinter ihr quengelte ein kleines Kind und trat immer wieder gegen den Sitz, so kräftig, dass Suchin jedes Mal ein wenig nach vorne flog. Und vor ihr saß eine alte Frau, die jetzt schon seit zwei Stunden die gleichen buddhistischen Gebetsverse vor sich hin murmelte. Hinter dem tretenden Kind, neben dem stinkenden Mann und vor der murmelnden Frau gab es noch viele Sitze mehr, die allesamt mit einem Klapptisch und einem Netz voller Sicherheitsbroschüren ausgestattet waren. Und auf all den vielen Sitzen saßen Menschen, von denen Suchin nicht einen einzigen kannte. Doch das alles war Suchin vollkommen egal. Weil sie flog. Weil sie zum allerersten Mal in ihrem Leben flog. Wie hypnotisiert sah sie durch das winzig kleine Flugzeugfenster nach draußen auf eine strahlend weiße, flauschig weich wirkende Landschaft aus gigantischen Wolkenbergen.

Noch vor einigen Stunden war Suchin mit ihren Großeltern am Flughafen in Bangkok gewesen und hatte sich schweren Herzens von ihnen verabschiedet. Und dann hatte sie der Start des Flugzeugs tief in den Sessel gedrückt und weg vom Erdboden direkt in den Himmel geschossen. Jetzt segelte sie durch die Luft. Fast wie ein Vogel. Von der Erde war nichts mehr zu sehen und nur ein wenig Blech trennte sie von der weißen, kuscheligen Wolkenwelt da draußen. Sie fühlte sich frei, frei von allem. So als hätten alle schlechten Dinge der Welt gar nichts mehr mit ihr zu tun. Natürlich wusste sie, dass der Flug irgendwann enden und ihre Mutter sie am Flughafen in Deutschland abholen würde und dass die schlechten Dinge der Welt doch etwas mit ihr zu tun hatten. Aber in diesem Moment flog sie durch die Luft wie ein freier Vogel, der keine Ahnung davon hatte, dass es so etwas wie schlechte Dinge überhaupt gab.

Wenn sie nicht gerade flog, sondern mit beiden Füßen fest auf dem Erdboden stand, hatte Suchin ihre *Schlechteste-Dinge-der-Welt-Liste* jederzeit im Kopf. Ganz oben auf der Liste stand, dass sie ihre Mutter schon seit über einem Jahr nicht mehr gesehen hatte. Direkt dahinter auf Platz zwei stand der neue, deutsche Mann ihrer Mutter. Sie fand ihn einfach nur schrecklich. Er hatte vor einem Jahr mit ihrer Mutter eine Rundreise durch Thailand gemacht und sie dabei im Haus der Großeltern besucht. Bei der Erinnerung daran zog Suchin unwillig ihre Augenbrauen zusammen. Er war häufig betrunken gewesen. Und das konnte Suchin nun einmal überhaupt nicht leiden. Betrunkene sprachen, bewegten und benahmen sich so, als hätten sie überhaupt kein Gehirn. Sie standen auf Platz neun ihrer Liste. Davor kamen nur noch Hausaufgaben, Mathe, Stallausmisten, Unkrautjäten, Schuluniformen und die stinkenden Schweine hinterm Haus. Der Mann von ihrer Mutter hatte außerdem andauernd blöde Witze gemacht, über die er dann selbst am meisten gelacht hatte. Was für ein Idiot!

Suchin erinnerte sich daran, wie er und seine Mutter einmal mit anderen deutschen Männern und thailändischen Frauen zusammengesessen hatten. Die Männer hatten nur in ihrer Sprache miteinander geredet und dabei auf eine ganz bestimmte Weise gelacht. Dreckig und gemein. Jeder hatte gewusst, dass sie Witze über die Thailänder machten. Die Frauen auch. Trotzdem hatten sie gelächelt und so getan, als wären die Männer unglaublich lustig. Auch Suchin hatte gelächelt. Das gehörte sich so und es machte vieles einfacher. Wenn man jemanden anlächelte, ließ er sich besser ertragen. Mit einem Lächeln hielt man auch jemanden in seiner Nähe aus, den man so wenig mochte wie ein stinkendes, grunzendes Schwein. Suchin konnte Schweine nicht ausstehen, egal wie sehr alle den familiären, freundlichen Charakter der Tiere lobten. Und sie konnte den Mann ihrer Mutter nicht ausstehen. Kein bisschen. Deswegen nannte sie ihn heimlich für sich auch *das Schwein*.

In wenigen Stunden also würde sie landen, um mit ihrer Mutter und *dem Schwein* zusammen zu leben. Suchin machte ein unglückliches Gesicht. Schließlich lag vor ihr nichts außer der weißen Wolkenlandschaft und niemand sonst sah sie so. Da durfte sie das.

Schon jetzt vermisste sie ihre Großeltern in Thailand. Sie waren die Eltern ihres Vaters, den sie gar nicht kannte, weil er einfach irgendwohin verschwunden war, als sie noch ganz klein gewesen war, und sich seitdem nie mehr gemeldet hatte. Und ihre Mutter hatte in der Stadt gewohnt, um Geld zu verdienen. Zeit, um für Suchin zu sorgen, hatte sie dort nicht gehabt. Deswegen hatte Suchin bei ihren Großeltern im Dorf gelebt. Ihre Mutter war meist nur einmal im Monat oder noch seltener zu Besuch gekommen. Und als sie *das Schwein* geheiratet hatte, war sie gar nicht mehr gekommen. Jetzt, drei Jahre nach der Hochzeit und kurz nach Suchins zwölftem Geburtstag, sollte sie zu ihrer Mutter nach Deutschland ziehen. Suchin verstand nicht ganz, warum ihre Mutter sie jetzt auf einmal bei sich haben wollte. Aber sie hatte sich auch nicht getraut, nach dem Grund zu fragen. Sie dachte darüber nach, dass sie kein Wort Deutsch sprechen konnte und dass sie mit *dem Schwein* zusammen in einer Wohnung leben sollte. Sie würde ihre Großeltern und ihre Freunde höchstens im Urlaub sehen können und in Deutschland außer *dem Schwein* und ihrer Mutter niemanden kennen. Suchin hatte Angst. Gleichzeitig spürte sie auch einen Funken Freude darüber, zum ersten Mal in ihrem Leben mit ihrer Mutter zusammen zu wohnen. War sie ihr vielleicht doch wichtig?

Innerlich seufzte Suchin noch einmal tief auf, während ihr Gesicht automatisch das Unbehagen weglächelte. Dann konzentrierte sie sich auf die hohen Wolkentürme und weiten Wolkenwiesen, die wie riesige Watteberge, weiche Kissen und dicke Schlagsahneklecks aussahen. Suchin verlor sich in Träumereien und vergaß eine Zeitlang all das, was vor ihr lag. Für einige Momente war sie einfach nur glücklich.

Einige Stunden später hatte sich die Situation vollkommen verändert. Suchin stand mitten in einer riesigen Flughafenhalle aus Stahl und Glas und war den Tränen nahe. Um sie herum wimmelte es nur so von großen, fremd aussehenden Menschen. Es schwirrte und summte wie in einem überdimensionalen Bienenkorb. Zwischendurch dröhnten laute Ansagen durch die Luft. Suchin verstand nicht ein Wort. Wo war nur ihre Mutter? Sie hielt verzweifelt Ausschau und wurde von Sekunde zu Sekunde unruhiger. Die Leute, die an ihr vorbeihasteten, beachteten sie gar nicht und wirkten gestresst und schlecht gelaunt. Zwischendurch begrüßten

8

sich Leute mit einem lauten Hallo, umarmten und küssten sich und gingen gemeinsam weg. Suchin fühlte sich inmitten all der fremden Menschen furchtbar einsam.

Dann sah sie irgendwann *das Schwein* auf sich zukommen. NUR *das Schwein*. SSo sehr sie sich auch umsah, ihre Mutter konnte sie nirgendwo entdecken. Mit einem dicken Kloß im Hals gab Suchin die Suche schließlich auf und sah dem Mann ihrer Mutter entgegen. Er war groß, viel größer als die Männer in ihrer Heimat. Er war groß, hatte einen kugelrunden Bauch und kurz geschnittenes, braunes Haar, das wie eine Bürste vom Kopf abstand. Er trug blaue Jeans und ein weißes Poloshirt mit vielen Aufnähern und gestickten Schriftzügen. Sein Gesicht war kräftig und kantig. Die Augen unter den buschigen Brauen hatten ein wässriges Blau und kleine stecknadelgroße Pupillen.

Als Suchin einen schnellen Blick in sein Gesicht warf, kam es ihr vor, als sähe sie darin so etwas wie Widerwillen und Ablehnung. So als wäre sie eine unerwünschte Störung, die er hinnehmen musste. Dabei ist ER die Störung, dachte Suchin und ging mit zögernden Schritten auf ihn zu. Einige Klassenkameraden in Thailand hatten sie damit geärgert, dass der *Farang*, der weiße Ausländer, lieber ein eigenes Kind von ihrer Mutter hätte. Sie wäre für ihn nur wie eine lästige Laus auf dem Kopf, hatten sie gesagt.

Jetzt standen sich Suchin und ihr Stiefvater gegenüber. Suchin legte ihren Kopf in den Nacken, um zu sehen, was passieren würde und fühlte sich in dem Moment wirklich so, als wäre sie eine kleine, lästige Laus. Sie hatte ein wenig Angst vor ihm und war zugleich schrecklich enttäuscht, dass ihre Mutter IHN zum Abholen geschickt hatte und nicht selbst gekommen war. Soviel dazu, dass sie nach

Deutschland kommen sollte, weil ihre Mutter sie bei sich haben wollte. Am liebsten hätte sie sich einfach umgedreht und wäre zum Flugzeug zurückgeflüchtet. Stattdessen lächelte sie den Mann scheu an, legte ihre Handflächen vor der Brust zusammen und neigte ihren Kopf zur Begrüßung. Daraufhin sagte er mit seiner tiefen, leicht rauen Stimme etwas, was sie nicht verstand und beugte sich hinunter, um sie zu umarmen. Erschreckt machte sich Suchin steif und kniff die Augen zusammen.

Als er sie wieder losgelassen hatte, schaute sie zu ihm hoch und stutzte. Seine Mundwinkel zuckten und sein Blick flackerte leicht, so als wäre auch er unsicher und ängstlich. Wegen ihr? Ach was, das war ja gar nicht möglich. Dann sagte er noch einmal etwas. Er las es von einem Zettel ab. »Sawatdi«. Das hieß auf Thailändisch »Hallo« oder auch »Willkommen«.

Suchin lächelte wieder automatisch und neigte zum Dank ihren Kopf. Dann nahm er ihren Koffer und ging zielstrebig zum Ausgang. Suchin folgte ihm.

2. Das neue Zuhause

Beim Verlassen des klimatisierten Flughafengebäudes hielt Suchin für einen Moment den Atem an. Spätestens jetzt wurde ihr klar, dass sie Thailand wirklich verlassen hatte. Sie wäre gerne kurz stehen geblieben, um den Schock der fremden Luft und Umgebung zu verdauen. Aber *das Schwein* ging ungebremst weiter und sie musste sich beeilen, um Schritt zu halten. Auch wenn sie ihn nicht mochte, war er doch der einzige Mensch, den sie hier weit und breit kannte. Und so stolperte sie aufgewühlt hinter ihm her, bis er endlich an einem Auto Halt machte. Suchin staunte. Der silberne Lack des Wagens glänzte wie neu und das Auto sah ungeheuer groß und schick aus. War er irgendwie reich oder so? Suchin war gegen ihren Willen beeindruckt und stieg fast ehrfürchtig ein.

Die Autofahrt verlief schweigend und still. Nur aus dem Autoradio tönten die »*Hits der 80er, 90er und von heute*«. Suchin saß auf der Rückbank und schaute aus dem Fenster. Die Sommersonne stand schon tief und tauchte die Stadt, durch die sie fuhren, in ein rotgoldenes Licht. Suchin dachte angestrengt nach. Sie suchte in ihrem Kopf nach Worten, mit denen sie ihren Freunden zu Hause das alles beschreiben konnte. Wie ein Haufen vornehmer, strenger Steinleute sahen die Häuser aus, fand sie. Jedenfalls ganz anders als in Thailand. Sie dachte an ihr Heimatdorf zurück, in dem sie noch gestern Morgen aufgewacht war. Jetzt gerade kam es ihr vor, als wäre das schon Jahre her. Dort hatte sie mit ihren Großeltern in einem kleinen Holzhaus mit Strohdach gewohnt. Sie kannte jeden, der dort lebte, jedes Tier und jedes Loch auf der holprigen Sandstraße, die quer durch das ganze Dorf verlief. Wohin man schaute, war alles üppig grün, sandfarben oder bunt. Die Menschen guckten freundlich und hatten gerne Spaß, bis hin zu den riesengroßen, goldenen Buddha-Statuen, die einem in den Tempeln entgegenlachten. In Deutschland sahen sogar die Verzierungen an den Gebäuden so ernst wie zusammengekniffene Augenbrauen aus. Als ihr dieser Gedanke kam, zogen sich auch Suchins Brauen zusammen, so dass über ihrem Nasenrücken eine kleine, steile Falte entstand.

Für den Flug nach Deutschland hatten ihre Großeltern sie gestern in dem alten, klapprigen Lieferwagen des Nachbarn nach Bangkok gebracht. Diese Fahrt durch die riesige und laute Hauptstadt Thailands war der erste Schock ihrer langen Reise gewesen. Turmhohe, moderne Gebäude mit Glasfronten, viele bunte Reklametafeln, Geschäfte mit aufgespannten Markisen, unzählige Straßenverkäufer – es hatte unendlich viel zu sehen gegeben. Die Luft war so heiß und feucht und voller Abgase gewesen, dass ihr das Atmen schwergefallen war. Und auf den großen Straßen hatten sich mehrere Autos nebeneinander durch den Verkehr gedrängelt. Hier fuhr dagegen ein Auto ordentlich hinter dem anderen her, noch dazu auf der falschen Straßenseite. Die ganze Umgebung kam Suchin fast unangenehm sauber und aufgeräumt vor. Auch auf den Sitzbezügen im Auto war nicht ein Krümel zu sehen. Auf einmal hatte sie Angst, irgendetwas schmutzig zu machen und faltete ihre Hände auf dem Schoß fest ineinander.

Suchin saß direkt hinter dem Beifahrersitz und konnte den Mann ihrer Mutter gut beobachten. Noch immer war sie erstaunt darüber, dass er am Flughafen so unsicher gewirkt hatte. Wahrscheinlich habe ich mir das eingebildet, dachte sie und musterte ihn verstohlen. Er lehnte mit einem Arm in dem geöffneten Fahrerfenster und zog alle zwei Sekunden an einer Zigarette. Suchin mochte den Geruch nicht. Sie rümpfte die Nase. An *dem Schwein* ist einfach alles widerlich, dachte sie. Ab und zu guckte er in den Rückspiegel, um nach ihr zu sehen. Aber sie tat dann jedes Mal so, als würde sie es nicht bemerken, und schaute schnell wieder aus dem Autofenster. Bloß nicht in die Augen schauen, dachte Suchin, sonst spricht er mich noch an. Aus dem Autoradio schallte deutsche Popmusik. Suchin verstand kein Wort, wippte mit den Füßen aber kaum merklich im Takt. Nur noch ein paar Minuten, dann würde sie ihre Mutter wiedersehen.

Irgendwann hielten sie an und stiegen aus. Sie gingen ein paar Meter, bis sie vor einem mehrstöckigen, roten Wohnhaus stehenblieben. Suchin war sehr aufgeregt. Wie sollte sie gleich ihre Mutter begrüßen? Sollte sie sie spüren lassen, dass sie wütend darüber war, von IHM abgeholt worden zu sein? Sollte sie sich in ihre Arme werfen oder sollte sie sie zurückhaltend und respektvoll begrüßen? Suchin spürte, wie ihr Herz immer schneller schlug. Sie fuhren mit einem Fahrstuhl bis zum vierten Stock. Dann stiegen sie aus und gingen an zwei Türen vorbei. An der dritten Tür zog der Mann ihrer Mutter den Schlüssel aus der Hosentasche und schloss auf. Suchin hielt den Atem an und lauschte. Aber es blieb vollkommen still. In der Wohnung war niemand. Sie bekam Panik. Wo war ihre Mutter? Sollte sie hier etwa alleine bei dem fremden Mann bleiben? War sie in eine

Falle geraten? Wurde sie hier gerade entführt? Der Mann, den Suchin *das Schwein* nannte und der in Wirklichkeit Harald Schnäbler hieß, schaute sie forschend an. Dann zog er aus der Hosentasche ein kleines Büchlein, blätterte einen Augenblick darin herum und sagte schließlich mit einem so starken Akzent, dass Suchin ihn kaum verstand: »Mada tamngan«. Das hieß so viel wie »Mutter arbeiten«. Dann zog er in einer hilflosen Geste die Schultern hoch und lächelte sie bedauernd an. Suchins Panik legte sich ein wenig. Gleichzeitig konnte sie nichts dagegen tun, dass ihre Augen sich mit Tränen füllten. Es fühlte sich an, als würde sich ihr Herz in einen schwarzen Klumpen verwandeln und langsam in ihren Bauch rutschen. Zögernd folgte Suchin Harald in die Wohnung. Was hätte sie auch sonst tun sollen?

Das Erste, was ihr auffiel, war erneut die Sauberkeit. Nichts lag herum. Die Wände leuchteten in strahlendem Weiß, die Fenster blitzten und blinkten und die Räume waren groß und hell. Wie Suchin es von zu Hause kannte, hatte sie noch vor der Eingangstür die Schuhe ausgezogen und fühlte jetzt bei jedem Schritt den weichen Teppich unter ihren Füßen. Harald führte sie durch die Wohnung. Es gab ein Wohnzimmer mit einem Essbereich, ein Badezimmer, eine Küche, das Schlafzimmer von Harald und ihrer Mutter und einen Raum, bei dem er sich auf die Brust klopfte und »mein Zimmer« sagte.

Im Wohnzimmer standen eine mächtige, schwarze Ledercouch, zwei Sessel und ein großer Fernseher. An den weißen Wänden lehnten Schränke aus rötlichem Buchenholz mit spiegelnden Glastüren. Dahinter erkannte Suchin schemenhaft Gläser, DVDs und noch andere Gegenstände.

Auf den Fensterbänken blühten Orchideen in bunten Töpfen und neben dem Sofa vor der Balkontür streckte eine große Dracaena-Palme ihre dünnen, kahlen Stämme in Richtung Zimmerdecke. Hoffentlich mache ich nicht aus Versehen etwas kaputt oder dreckig, dachte Suchin und spürte ein unangenehmes Gefühl der Beklemmung in sich aufsteigen. Schließlich öffnete Harald eine Tür.

»Das ist dein Zimmer«, sagte er.

Suchin schaute ihn fragend an. Er lächelte stolz und schob sie vor sich her in den Raum. In dem Zimmer stand ein Bett mit geblümter Bettwäsche. Dann waren da noch ein Schreibtisch mit Stuhl, ein Korbsessel, ein Kleiderschrank und ein offenes Regal. Eine Wand in dem Zimmer war violett gestrichen. Und daran hingen eine Karte von Thailand und ein großer Fächer mit bunten Kolibris darauf. Suchins Mundwinkel zuckten nach oben. In Thailand gab es keine Kolibris, nur Nektarvögel, die so ähnlich aussahen. Trotzdem waren Kolibris ihre Lieblingstiere. Wenn sie ein Tier sein könnte, dann wäre sie gerne ein Kolibri, bunt schillernd wie ein Edelstein. Sie fand es cool, dass er auch rückwärts und auf der Stelle fliegen konnte. Das konnten Nektarvögel nicht. Außerdem war der Kolibri das schnellste Wirbeltier überhaupt, jedenfalls im Verhältnis zu seiner Körpergröße. Das wusste sie aus einem Tierfilm im Fernsehen. Suchin würde auch gerne etwas können, das sonst niemand konnte und wäre dabei wunderschön und pfeilschnell. Dann wäre sie auch etwas Besonderes und ihre Mutter hätte sie wirklich immer bei sich haben wollen. Zumindest hätte sie sie dann doch wohl vom Flughafen abgeholt!

Suchin ging andächtig an den Möbeln entlang und setzte sich schließlich auf das Bett. Verstand sie das richtig? Das alles sollte ihr gehören? In Thailand hatte sie kein eigenes Zimmer gehabt und zum Schlafen nur eine Matte auf dem Boden ausgerollt. Unsicher schaute sie zu Harald. Er nickte und Suchin schluckte überwältigt.

Nach einer Weile führte Harald seine Hand an den Mund und tat so, als würde er essen. Dabei zog er fragend die Augenbrauen nach oben. Erst jetzt merkte Suchin, dass sie großen Hunger hatte, nickte mit einem höflichen Lächeln und folgte Harald in die Küche. Als er kurz darauf eine Schüssel vor sie auf den Küchentisch stellte und ihr der Geruch von Papaya, Zwiebeln, Erdnüssen und Fischsauce in die Nase stieg, schloss sie für einen Moment die Augen. Die Aromen weckten eine unendliche Sehnsucht nach Thailand in ihr und sie fühlte, wie die Tränen in ihr hochstiegen. Automatisch kämpfte sie mit einem Lächeln dagegen an. Hatte ihre Mutter extra für sie *Som Tam* gemacht? Und woher wusste sie, dass der süße und gleichzeitig salzige, saure und scharfe Papaya-Salat eines ihrer Lieblingsgerichte war? Ob ihre Großmutter es ihr erzählt hatte? Als Harald duftenden Jasminreis dazustellte und ihr Gabel und Löffel danebenlegte, atmete Suchin noch einmal tief durch und fing an zu essen.

Nach dem Essen legte sich Suchin schlafen. Sie war sehr müde. Gleichzeitig platzte ihr Kopf fast von den vielen Eindrücken. Die Gedanken schwirrten wie ein riesiger und chaotischer Heuschreckenschwarm in ihrem Kopf herum und hielten sie trotz der Müdigkeit noch lange wach. Der Abschied in Thailand, der Flug, die Wohnung, ihr neues

Zimmer – unendlich viele Bilder zogen an ihrem inneren Auge vorüber. Zwischendurch, wenn die Sehnsucht nach ihren Großeltern und ihrem vertrauten Zuhause zu groß wurde, rollten einige Tränen ihre Wangen hinunter und sie schluchzte leise in ihr Kissen. Irgendwann fiel sie dann aber doch in einen Schlaf, der tief und traumlos blieb, bis sie sanft an der Schulter gerüttelt und leise mit ihrem Spitznamen gerufen wurde: »Cookie!«

Suchin blinzelte mit den Augen und hörte eine Frauenstimme noch einmal verhalten rufen: »Cookie!«

Mit einem Schlag war Suchin hellwach. Ihre Mutter war da! Sie riss die Augen auf und starrte auf die schmale Frau, die auf ihrer Bettkante saß. Ja, das war ihre Mutter, die sie müde anlächelte und sofort damit begann, ihr flüsternd zu erklären, warum sie erst jetzt da war. Sie erzählte, dass sie als Köchin in einem thailändischen Restaurant arbeitete. Dort hätte sie sich extra für diesen Tag frei genommen. Aber dann wäre jemand krank geworden und sie hätte doch zur Arbeit gemusst. Suchin atmete zitternd durch und merkte erst jetzt, wie groß ihre Angst gewesen war, dass ihre Mutter überhaupt nicht mehr auftauchen würde. Aber jetzt war sie ja da, und sie legte sich sogar zu ihr ins Bett. Suchin kuschelte sich an sie. Sie presste ihr Gesicht an die Schulter ihrer Mutter und roch den Duft von Thai-Essen, Jasminblüten und Kokos. Kurz darauf schlief sie erleichtert wieder ein.

Am nächsten Tag wachte Suchin spät am Vormittag und alleine in ihrem Bett auf. Sie schaute sich irritiert um. Wo bin ich, dachte sie. Und dann fiel ihr langsam alles wieder ein. Der Flug, Harald, die Fahrt zur Wohnung, ihre Mutter. Kaum kam der Gedanke an ihre Mutter in ihren Kopf, fühlte Suchin erneut Panik in sich aufsteigen. Wo war sie? Hatte sie nur geträumt, dass sie sich in der Nacht zu ihr gelegt hatte? Suchin schlug die Decke zurück, setzte sich auf und hielt inne. Es fühlte sich alles ganz unwirklich an. Diese ganzen Dinge sollten jetzt ihr gehören? Wenn das meine Freunde in Thailand sehen könnten, dachte sie und spürte eine Welle von Besitzerstolz in sich aufsteigen. Dann ging sie zu ihrem Koffer, der seit gestern Abend unverändert auf dem Boden lag, und holte sich etwas zum Anziehen heraus.

Unsicher stand sie danach an ihrer Zimmertür und lauschte angestrengt nach draußen. Was mache ich denn, wenn sie nicht da ist, sondern wieder nur ER, fragte sie sich. Doch da hörte sie mehrere Stimmen, die thailändisch miteinander sprachen. Vorsichtig öffnete Suchin die Tür und schaute hinaus. Zaghaft folgte sie den Stimmen in Richtung Wohnzimmer und sah dort ihre Mutter auf dem Sofa sitzen. Im Fernsehen lief eine thailändische Quizshow. Suchin blieb einige Sekunden lang still in der Tür stehen und betrachtete ihre Mutter. Mit ihren langen, schwarzen Haaren und der zierlichen Figur fand Suchin sie noch immer wunderschön. Aber müde sah sie aus mit ihren dunklen Ringen unter den Augen und … fremd. Wie die fröhliche Frau auf dem Foto, das in einem Bilderrahmen im Haus ihrer Großeltern stand, sah sie nicht aus.

Schließlich gab sich Suchin einen Ruck und ging auf ihre Mutter zu. Die blickte erst erschreckt hoch, lächelte dann aber und breitete die Arme aus. Suchin ließ sich etwas unsicher in die Umarmung hineinfallen und legte sich neben sie aufs Sofa. Ihr Kopf lag auf dem Schoß ihrer Mutter. Eine Weile schauten sie beide schweigend der thailändischen Fernsehshow zu, während ihre Mutter ihr langsam über den Kopf strich. Dann fragte ihre Mutter sie, wie der Flug gewesen war, wie sie die Wohnung fand, ob sie sich über ihr Zimmer freute und noch vieles mehr. Suchin beantwortete alle Fragen. Dabei erinnerte sie sich auch an ihre Wut, ihre Enttäuschung und ihre Angst. Sie hätte ihrer Mutter gerne gesagt, wie schrecklich es für sie gewesen war, dass Harald sie am Flughafen abgeholt hatte. Und sie hätte sie auch gerne gefragt, warum sie jetzt in Deutschland leben sollte. Aber sie traute sich nicht. Das hätte ihre Mutter bestimmt unhöflich und undankbar gefunden, jetzt wo sie auch das schöne Zimmer hatte. Hätte sie doch, oder? Genau konnte sie das nicht sagen. Dazu kannte sie ihre Mutter nicht gut genug.

»Hast du Hunger, Cookie?«, fragte ihre Mutter dann irgendwann auf Thailändisch. Suchin nickte. Sie gingen gemeinsam in die Küche und Suchin setzte sich auf den gleichen Platz wie schon am Abend zuvor. Sie sah ihrer Mutter dabei zu, wie sie verschiedene Zutaten bereitlegte, dann den Wok auf den Herd stellte und ein großes Messer zückte. Es dauerte nur eine Viertelstunde und schon hatte Suchin einen Teller mit dampfend heißem, thailändischem Essen vor sich stehen. Zu Hause hatte es morgens meistens warme Reissuppe gegeben. Ein Essen mit Fleisch, Nudeln und Gemüse schon am Vormittag kam ihr wie der absolute Luxus vor. Wow, so ließ es sich aushalten. Ihre Mutter setzte sich zu ihr und aß ein wenig mit. Dann räumte sie die Teller ab und sagte wieder auf Thailändisch: »Cookie, ich muss mich jetzt für die Arbeit fertigmachen.«

Suchin erstarrte innerlich. Ihre Mutter bemerkte davon nichts und fuhr in einem beiläufigen Plauderton fort: »Du kannst heute damit anfangen, dich einzuleben. Geh erst mal duschen. Du bist bestimmt schmutzig von der Reise, oder nicht? Dann packst du deinen Koffer aus, damit deine Sachen nicht zerknittern. Und danach kannst du dich ausruhen, Fernsehen gucken oder dich in der Wohnung umschauen. Nur in das Zimmer am Ende vom Flur darfst du nicht. Das gehört Harald und er mag es nicht, wenn jemand ohne ihn hineingeht.« Suchins Mutter guckte sie forschend an. »Verstanden?«

Suchin nickte und ihre Mutter fuhr fort: »Zwischen vier und fünf Uhr kommt Harald von der Arbeit nach Hause. Du bist also nur ein paar Stunden alleine.« Ihre Mutter sah sie an. »Solange kommst du klar, nicht wahr? Du bist ja jetzt schon ein großes Mädchen.«

Suchin lächelte automatisch, obwohl ihr kein bisschen danach zumute war. Ich soll hier alleine bleiben, dachte sie entsetzt. Und dann auch noch alleine mit IHM?

»Wann kommst du denn zurück?«, fragte sie zaghaft.

»Erst spät. Du schläfst dann bestimmt schon.« Sie strich Suchin über die Haare. »Aber übermorgen ist Montag. Dann ist Ruhetag und ich bin den ganzen Tag zu Hause. Und vielleicht bekomme ich morgen oder am Dienstag frei, weil ich gestern keinen Urlaubstag nehmen konnte. Dann haben wir zwei Tage am Stück und ich zeige dir die Stadt.«

Suchin nickte und als sie dieses Mal lächelte, kam es von Herzen.

Suchins Mutter hatte den Sonntag frei bekommen und wollte einen Stadtbummel machen. Suchin hatte insgeheim gehofft, dass ihre Mutter den Dienstag zu Hause bleiben würde. Denn dann wäre Harald bei der Arbeit gewesen und sie hätte alles mit ihrer Mutter alleine unternehmen können. Jetzt war Harald auch mit dabei. Es war komisch, ihre kleine Mutter mit dem großen Harald Hand in Hand die Straße entlanggehen zu sehen. Suchin rümpfte die Nase. Vielleicht sollte sie dem Anblick einen eigenen Platz auf ihrer *Schlechteste-Dinge-der-Welt-Liste* geben. Darüber musste sie bei nächster Gelegenheit mal nachdenken.

Suchin trottete hinter den beiden her und sah sich dabei die Umgebung an. Es war vollkommen anders als das, was sie von zu Hause kannte, aber es gefiel ihr. Sie mochte ihr Zimmer, sie mochte die Stadt und sie mochte es, sich irgendwie reich zu fühlen. Die Sonne schien ihr ins Gesicht und die hohen Bäume rauschten im leichten Wind. Neben ihr auf der Straße fuhr ab und zu ein Auto vorbei. Ein Kind lachte. Sie blinzelte mit den Augen und atmete tief ein. Es roch nach Sonne und Staub und nach den Blumen aus dem Blumengeschäft, an dem sie eben vorbeigegangen war. Suchin schaute wieder nach vorne und sah ihre Mutter mit Harald. Er hatte den Arm um sie gelegt und seine Hand klapste einmal auf ihren Po. DAS mochte sie nicht.

Plötzlich drehte sich Harald um und fragte: »Möchtest du ein Eis?« Suchin verstand ihn nicht und schaute ihn mit einem starren Lächeln hilflos an. Da zupfte ihre Mutter Harald am Ärmel. Er beugte sich zu ihr hinunter und sie flüsterte ihm etwas ins Ohr. Harald richtete sich wieder auf und sagte, gefolgt von einem unsicher wirkenden, leicht grunzenden Gelächter: »Ai sa grim?«

Jetzt verstand Suchin. »Kha, khopkhun«, antwortete sie und lächelte höflich.

»Ja, danke« wiederholte Harald und machte eine auffordernde Handbewegung in Suchins Richtung. Sie sollte es ihm nachsprechen. Suchin versuchte es. Aber die Worte fühlten sich so seltsam in ihrem Mund an, dass sie nur unbeholfen über ihre Lippen stolperten. Harald verbesserte sie noch einmal mit einem ermahnenden Gesichtsausdruck und sie wiederholte es erneut. Offensichtlich hatte sie es dieses Mal besser gemacht, denn Harald nickte und sah sie dabei wohlwollend an. Suchin fand sein Verhalten affig und fühlte sich unangenehm vorgeführt. Nein, sie konnte ihn einfach wirklich überhaupt und ganz und gar nicht leiden. Dennoch zogen sich automatisch ihre Mundwinkel nach oben und sie neigte leicht den Kopf.

»Mai mi pan ha« sagte sie, und Harald wiederholte auf Deutsch: »kein Problem«.

Musste sie das jetzt etwa auch nachsprechen?

Oh Mann, sie hatte doch einfach nur ein Eis haben wollen.

3. Unterricht wider Willen

Seit zwei Wochen war Suchin jetzt schon in Deutschland, und davon hatte sie die meiste Zeit in der Wohnung verbracht. Nächste Woche musste sie zu einem Arzt beim Gesundheitsamt. Der sollte sie untersuchen, damit sie hier in Deutschland in die Schule gehen konnte. Dann würde sie ungefähr ein Jahr lang in eine sogenannte Vorbereitungsklasse gehen, bis sie gut genug Deutsch sprechen, lesen und schreiben konnte, um eine normale Klasse zu besuchen. Der Gedanke daran machte Suchin nervös. In Thailand war die Schule zwar ganz okay gewesen, aber das auch nur, weil sie dort jeden Tag ihre Freunde hatte sehen können. Außerdem hatte sie Mathe und die anderen Fächer dort nicht in einer fremden Sprache lernen müssen. Trotzdem war es wahrscheinlich immer noch besser, in die Schule zu gehen, als den ganzen Tag in der Wohnung herumzusitzen.

Ihre Mutter ging meist schon vor dem Mittagessen zur Arbeit und kam erst spät in der Nacht nach Hause. Mittags machte sich Suchin dann in der Mikrowelle warm, was ihre Mutter vorgekocht hatte. Die ersten Tage hatte sie sich zum Essen noch an den Küchentisch gesetzt. Dabei hatte sie sich jedoch so schrecklich einsam gefühlt, dass sie dazu übergegangen war, vor dem Fernseher zu essen. Doch auch das konnte sie nicht von ihrem Heimweh ablenken. Bei ihren Großeltern hatten sie zu den Mahlzeiten immer zusammengesessen und dabei über alles Mögliche geredet. Das vermisste sie so sehr, dass sie kaum Appetit hatte und den Teller häufig nur halb leer aß.

Zwischen vier und fünf Uhr nachmittags kam Harald nach Hause. Er arbeitete beim technischen Dienst der staatlichen Hochschule, wo er für die Einrichtung der Büros zuständig war. Harald musste die Ausstattung mit Möbeln, das Streichen der Wände und ähnliche Dinge organisieren. Wenn er nach Hause kam, zog er sich als Erstes einen ausgebeulten Jogginganzug an und wusch sich gründlich die Hände. Dann räumte er in der Wohnung auf. Harald stellte Suchins Teller in die Spülmaschine, hob umherliegende Sachen auf und saugte einmal durch. Anschließend kam *seine Deutschstunde* dran. Harald hatte sich nämlich vorgenommen, Suchin jeden Tag etwas Deutsch beizubringen. Suchin hasste das. Sie wollte mit ihm keine Zeit verbringen und sie wollte auch nichts von ihm lernen. Sie fand diese Deutschstunde einfach nur schrecklich und hätte sich am liebsten geweigert, mitzumachen. Aber das traute sie sich nicht. Auch Harald fühlte sich dabei offensichtlich nicht sehr wohl. Er wirkte extrem angespannt und nervös und lachte zwischendurch immer wieder, ohne dass irgendetwas witzig gewesen wäre. Suchin fand, dass sein Lachen ein bisschen klang wie das Grunzen von einem Schwein und lächelte ihn dann jedes Mal übertrieben breit und mit zusammengekniffenen Augen an.

Heute hatte Harald als Thema für die Deutschstunde die *Familie* gewählt. Er ging zu einer hohen Kommode, auf der mehrere gerahmte Fotos standen und bedeutete Suchin mitzukommen. Dann zeigte er auf ein Foto von ihrer Mutter und sagte langsam und überdeutlich: »Das ist deine Mutter.« Er schaute sie kurz eindringlich ein und wiederholte dann: »Mutter. Suchins M u t t e r oder M a m a.«

Jetzt war sie an der Reihe und musste das Wort so lange wiederholen, bis er zufrieden war. So ging er der Reihe nach alle Fotos durch, die dort zu sehen waren. Ihre Großeltern, ihr Onkel und ihre Tante mit ihren Cousinen und Cousins – von allen waren Fotos da. Suchin wurde dabei immer trauriger. Sie vermisste ihre Familie und ihre Freunde in Thailand. Besonders schlimm war es, wenn sie ihre Stimmen am Telefon hörte. Dann musste sie sich jedes Mal zusammenreißen, um nicht in Tränen auszubrechen.

Suchin hatte das Foto von ihren Großeltern in die Hände genommen und sah es schon eine ganze Weile wehmütig an. Da zog Harald ihre Aufmerksamkeit wieder auf sich. Er deutete mit dem Finger auf sich selbst und sagte mit einem etwas verlegenen Gesichtsausdruck: »Ich bin Harald. Aber du sagst zu mir P a p a.« Gespannt wartete er darauf, dass sie das Wort nachsprach.

Suchin war irritiert. Bisher hatte sie es vermieden, ihn überhaupt irgendwie anzusprechen. Und jetzt sollte sie ihn als ihren Vater bezeichnen? Verstand sie das richtig? Sie hatte doch einen Vater, auch wenn sie weder wusste, wo er war, noch sich an ihn erinnerte. Aber das machte noch lange nicht Harald zu ihrem Vater. Niemals. Er war einfach nur der Mann ihrer Mutter. Nicht mehr. Alles in ihr sträubte sich dagegen, ihn so zu nennen. Unwillkürlich bogen sich ihre Mundwinkel nach oben und sie lächelte ihn höflich an.

Harald wurde etwas ungeduldig. »P a p a«, wiederholte er und machte eine auffordernde Geste. Suchin wusste nicht, was sie tun sollte. Sie trautet sich nicht, das Nachsprechen einfach zu verweigern. Ihre Gedanken rasten wild durcheinander. Doch es fiel ihr beim besten Willen kein Ausweg aus dieser Situation ein, und sie fühlte sich von Haralds Blick wie von einem Schraubstock festgehalten. Nach einigen endlos langen Sekunden öffnete sie schließlich zögernd ihren Mund und sprach aus, was er von ihr erwartete. Harald lachte grunzend.

»Möchtest du auch etwas trinken?«, fragte er dann und machte eine Handbewegung, als würde er ein Glas an die Lippen führen.

Suchin bemühte sich erneut um ein höfliches Lächeln und antwortete: »Nei, dake.«

Harald schaute stolz, wahrscheinlich weil er ihr auch das beigebracht hatte und sich deswegen für den besten Deutschlehrer der Welt hielt. Er ging in die Küche und holte sich ein Bier aus dem Kühlschrank. Sie wusste, dass er gleich den Fernseher einschalten oder sich zum Rauchen auf den Balkon setzen würde. Da mochte sie nicht dabeibleiben. Es war irgendwie unangenehm, einfach so daneben zu sitzen. Außerdem war ihr regelrecht übel davon, dass sie ihn hatte Papa nennen müssen. Wenn sie so darüber nachdachte, gehörte das Harald-Papa-Ding definitiv auf einen Platz in den Top Fünf ihrer *Schlechteste-Dinge-der-Welt-Liste*.

»Ik müde. Ik Sima?«, fragte sie.

Harald nickte und sah dabei aus, als könne er sich nicht entscheiden, ob er enttäuscht oder erleichtert sein sollte. Suchin musste da nicht überlegen. Sie fühlte sich jedes Mal wie erlöst, wenn sie wieder alleine in ihrem Zimmer war. Suchin legte sich dann auf ihr Bett, starrte die Decke an und dachte nach. Sie hatte sich kaum etwas von ihrem Leben in Deutschland vorstellen können. Aber dass sie ihre Mutter dann so gut wie nie und dafür ständig IHN sehen würde, das hatte sie nicht erwartet. Sie wusste, dass es ohne sein Geld und seine Bemühungen nicht möglich gewesen wäre, sie zu ihrer Mutter nach Deutschland zu holen. Ihre Mutter hatte ihr deswegen schon ein paarmal gesagt, dass sie Harald sehr dankbar sein müsse. Aber das fiel ihr schwer. Für sie war er irgendwie an allem schuld, was ihr nicht gefiel. Wieso musste ihre Mutter überhaupt so viel arbeiten? Bestimmt zwang er sie dazu. Ach, es war einfach furchtbar hier. Sie wollte zurück nach Hause. Wozu war sie in Deutschland bei ihrer Mutter, wenn ihre Mutter nie da war? So lag Suchin jeden Tag auf ihrem Bett und dachte nach. Stundenlang. Manchmal, wenn sie an ihre Großeltern und ihre Freunde in Thailand dachte, kamen ihr dabei die Tränen, und sie weinte leise vor sich hin, bis Harald sie zum Abendessen rief. Auf dem gedeckten Küchentisch standen dann ein Korb mit Brot und ein Teller mit Wurst und Käse. Das war noch immer ungewohnt für Suchin. In Thailand aß man abends warm. Aber es war okay. Sie aßen schweigend. Nur manchmal zeigte Harald auf irgendeinen Gegenstand und sagte den deutschen Namen. Und sie musste das Wort wiederholen, bis er zufrieden nickte.

Fast drei Wochen nach dem Harald-Papa-Ding hatte Suchin ihren ersten Schultag. Endlich sah sie mal etwas anderes als die Wohnung und Harald. Das wurde auch wirklich Zeit, wenn sie schon nicht zurück nach Hause konnte. Sie hatte ein türkisfarbenes Sommerkleid an, das sie mit ihrer Mutter extra für heute gekauft hatte. Und auch einen Rucksack für ihre Schulutensilien hatte sie sich aussuchen dürfen. Suchin war sehr stolz auf die neuen Sachen und fand sich selbst extrem schick. Es gefiel ihr, dass man hier keine Schuluniform tragen musste wie in Thailand. Das war auf ihrer *Schlechteste-Dinge-der-Welt-Liste* immerhin mal ein Punkt weniger.

Ihre Mutter und Harald hatten sich freigenommen, um sie zu begleiten, und kurz nach dem Läuten der Schulglocke saßen sie zusammen mit ihr im Büro der Direktorin, Frau Knieselbeek. Suchin verstand kaum, worüber geredet wurde. Aber das war ihr auch egal. Sie ließ sowieso viel lieber nur ihren Blick schweifen. Das Büro lag im ersten Stock der Schule und durch die Fenster sah man den gesamten Schulhof, der im Moment wie ausgestorben dalag. Obwohl zwei der Fenster auf Kipp standen, roch es muffig in dem Raum. Überall stapelten sich Aktenberge, sogar auf dem Boden. Und mitten in dem Papierchaos thronte die zierliche, rothaarige Direktorin auf einem gewaltigen Bürostuhl. Frau Knieselbeek redete wie ein Wasserfall und Suchin musste bei der kleinen Person auf dem großen Stuhl spontan an ein Eichhörnchen denken. Sie stellte sich die Direktorin mit einer überdimensionalen Nuss zwischen ihren Händen vor und hatte Mühe, ihr Kichern hinter dem gewohnten Lächeln zu verstecken.

Als alles Notwendige besprochen war, führte sie Frau Knieselbeek hinaus und redete auch dabei ununterbrochen weiter. Währenddessen stieg Suchins Aufregung mit jedem Schritt und sie spürte eine flaue Übelkeit in ihrem Bauch. Endlich blieb die Direktorin vor einer Tür stehen. Sie klopfte kurz an und ging, ohne eine Antwort abzuwarten, hinein. Harald und ihre Mutter folgten ihr und schoben Suchin dabei vor sich her. Suchin blickte auf den Boden und spürte, wie ihr das Herz bis zum Hals schlug. Vielleicht war es doch gar nicht so schlecht, den ganzen Tag in der Wohnung zu sitzen. Sie hörte die anderen Kinder in der

Klasse tuscheln und unterdrückt lachen und hätte sich am liebsten in Luft aufgelöst. Nachdem der Lehrer ihrer Mutter und Harald die Hand gegeben hatte, strich Suchins Mutter über ihre Wange, Frau Knieselbeek tätschelte ihren Kopf, und alle drei verließen die Klasse. Suchin blieb zurück.

Später erinnerte sich Suchin nur verschwommen an diesen ersten Schultag. Ihr Lehrer, Herr Sandofen, sprach sie freundlich an und sie verstand, dass sie sich mit ihrem Namen und ihrem Heimatland vorstellen sollte.

»Ik eiße Suchin«, hatte sie leise gesagt. »Ik kohme vo Thailand. In Thailand ik eiße Cookie.«

Da hatte jemand aus der Klasse gerufen: »Cookie-Keks, Cookie-Keks!«

Suchin hatte gefühlt, wie ihre Wangen heiß geworden waren, und hatte krampfhaft gelächelt. Und Herr Sandofen hatte gesagt: »Seid still, bitte. Suchin, oder von mir aus auch Cookie, setz dich auf den freien Platz neben Marta. Wir wollen jetzt weitermachen.«

Ein halbes Jahr später stapfte Suchin zitternd die Straße entlang. Es herrschte frostiges Winterwetter in der Stadt und in der Nacht hatte es wieder einmal geschneit. Im Licht der Straßenlaternen glitzerte eine weiße Schneedecke, die am Straßenrand zu graubraunen Bergen zusammengeschoben war. Suchins Atem bildete kleine Wölkchen vor ihrem Gesicht, die Luft roch nach Eis und Schnee. Es war noch früh am Morgen und sie war auf dem Weg zur Schule. Sie ging gerne dorthin. Nicht wegen der Lehrer oder dem, was sie dort lernte, sondern wegen der anderen Schüler. Suchin mochte ihre Klasse. In der Vorbereitungsklasse ging es nämlich allen ähnlich. Sie konnten die deutsche Sprache nicht gut, kamen aus anderen Ländern und fühlten sich hier fremd. Und das gab Suchin das Gefühl, nicht alleine zu sein. Mit zwei ganz unterschiedlichen Mädchen aus ihrer Klasse hatte Suchin sich besonders angefreundet: Dilara und Marta. Dilara stammte aus der Türkei. Sie hatte dort mit ihren Eltern und ihrem Bruder in Istanbul gelebt, bis ihr Vater von seinem Cousin in Deutschland das Angebot bekommen hatte, in dessen Geschäft mitzuarbeiten. Dilara hatte lange, schwarze Haare und dunkel glühende Augen, die von dichten, schwarzen Wimpern umrahmt waren. Meistens trug sie eine Cap auf dem Kopf und hatte die Haare zu einem Pferdeschwanz zusammengebunden. Marta kam mit ihren Eltern aus Kroatien. Sie hatte kurze, braune Locken und ein sanftes Gesicht mit vollen Lippen und hohen Wangenknochen. Ihr größter Wunsch war es, mal als Model um die Welt zu reisen.

Suchin schaute auf ihre Armbanduhr und beschleunigte ihre Schritte. Sie war spät dran. Heute Morgen war sie wieder nicht aus dem Bett gekommen und der richtige Bus war ihr vor der Nase davongefahren. In diesem kalten, dunklen Land war sie ständig müde. Wenn morgens um sechs Uhr der Wecker klingelte, sie im Stockdunkeln aufwachte und die trockene Heizungsluft einatmete, dann wanderten ihre Gedanken als Erstes zurück zu ihrem Zuhause in Thailand. Dort war immer Sommer. Suchin hatte in ihrem Heimatdorf nie Temperaturen unter zwanzig Grad erlebt und Schnee hatte sie dort auch nie gesehen. Hier hatte es in den letzten zwei Wochen jeden Tag geschneit und Haralds Wetterstation zeigte morgens regelmäßig zweistellige Minusgrade an. Nach dem Klingeln des Weckers blieb Suchin meist noch lange mit offenen Augen im Bett liegen. Es war immer so still in der Wohnung. Ganz still und ganz einsam. Harald war schon auf dem Weg zur Arbeit und ihre Mutter schlief noch. Irgendwann gab sich Suchin einen Ruck, stand auf, wusch sich, zog sich an und ging durch die dunkle Wohnung in die Küche, um sich ein Pausenbrot zu schmieren. Dann nahm sie sich ihre Schultasche und verließ die Wohnung heimlich und leise wie ein Dieb auf der Flucht.

Suchin warf erneut einen Blick auf ihre Uhr und begann so schnell zu laufen, wie es mit dem schweren Rucksack möglich war. Trotzdem erreichte sie das Schulgebäude erst, nachdem die Schulglocke schon wieder aufgehört hatte zu läuten. Kurz danach öffnete sie die Klassentür, lächelte ihren Lehrer entschuldigend und schwer atmend an und schlich zu ihrem Platz neben Marta. Die grinste sie schief an und flüsterte: »Schlafmüütze«. Dabei legte sie ihren Kopf seitlich auf ihre Hände, schloss die Augen und machte ganz leise Schnarchgeräusche. Suchin kicherte unterdrückt, holte schnell ihre Schulsachen aus dem Ranzen und versuchte, den Ausführungen des Lehrers zu folgen.

In der Pause hakten sich Suchin, Dilara und Marta unter und spazierten gemeinsam über den verschneiten Schulhof. Dilara erzählte von ihrem großen Bruder, der ihr mehr verbieten wollte als ihre Eltern. Am liebsten, sagte Dilara, wäre es ihm, wenn sie ein Kopftuch tragen würde und Freunde sollte sie am besten auch nicht haben. Aber Dilara ließ sich nicht so leicht unterkriegen. Mit tiefer Stimme machte sie ihren Bruder nach: »Ey, was lachst du? Du nisch lachen! Geh in Küche und bring essen. Los.«

Die Mädchen kicherten und Marta fragte: »Lara. Was du machst, wenn dein Bruder so … so … reden?«

Dilara zog verächtlich die Mundwinkel nach unten: »Ey. Isch sag', mach' Kram allein.«

Suchin fragte: »Du had kein Rebekt vo dei Buder?«
Dilara lachte und verschränkte die Arme. »Ey Cookie, isch hab' Respekt vor misch.«

Suchin lächelte Dilara nachdenklich an. Dann wollte sie auch etwas zum Besten geben und erzählte von ihrem Stiefvater. Dabei übertrieb sie ordentlich, machte ihn dicker, als er war, unfreundlicher, ekliger und lächerlicher. Sie ahmte nach, wie er ihr Deutsch beibrachte, zeigte zum Schluss auf sich selbst und sagte: »Ha'ald. Schwein.«

Dilara und Marta prusteten los und Suchin lachte mit. Aber tief in ihrem Inneren spürte sie dabei den schwachen Hauch eines schlechten Gewissens. Schließlich merkte sie, wie sehr Harald sich um sie bemühte. Und er konnte ja auch nichts dafür, dass ihre Mutter sie in Thailand erst bei ihren Großeltern abgeladen und dann wieder weggeholt hatte, so als wäre sie eine Vase, die man von einem Regalbrett in ein anderes stellt. Oder als wäre sie ein Kolibri, den man einfing und irgendwo hinbrachte, wo er gar nicht hingehörte. Egal, dachte sie dann aber trotzig. Ich mag ihn nicht und ohne ihn wäre alles anders.

Im Unterricht kam Suchin im Großen und Ganzen gut mit. Ihre Lehrer sagten, dass sie etwas fleißiger sein und sich mehr beteiligen könnte. Aber das war Suchin egal. Ihr lag nichts an besonders guten Noten. Warum auch? Für wen sollte sie sich anstrengen? Mit ihrer Mutter sprach sie nicht über die Schule. Die schien das alles nicht zu interessieren. Meistens war sie müde und kaputt von ihrer Arbeit. Und wenn sie etwas sagte, dann nur so ein doofes, thailändisches Sprichwort wie »Junges Holz ist leicht zu biegen, altes dagegen schwer« oder »In schlechter Gesellschaft bist du der Versuchung erlegen, in der der Gelehrten kannst du nur erfolgreich sein.«

Harald war es, der gelegentlich mit den Lehrern sprach und Suchin jeden Tag fragte, wie der Schultag gewesen war. Ihn wollte sie aber nicht stolz machen. Also war sie gerade gut genug, damit er sich um ihre schulischen Leistungen nicht kümmern musste. Und sie war schlecht genug, damit er sich nicht freute.

In der Wohnung hielt sie sich die meiste Zeit in ihrem Zimmer auf. Sie langweilte sich dort. Aber das war immer noch besser, als neben Harald auf dem Sofa zu sitzen. Häufig saß sie an ihrem Schreibtisch und malte oder schrieb so vor sich hin. Ein paarmal hatte sie es vor lauter Langeweile nicht mehr ausgehalten und war doch zu Harald ins

Wohnzimmer gegangen. Aus den Augenwinkeln hatte sie ihn dann von ihrem Sessel aus beobachtet, wie er da auf dem Sofa gesessen hatte. Sein Bauch hatte sich über seine Jogginghose gewölbt, in der Hand hatte er eine Bierflasche gehalten. Sein Blick war glasig auf den Fernseher gerichtet gewesen. Ab und zu hatte er einen tiefen Zug aus seiner Flasche genommen und manchmal hatte er laut gerülpst. Harald hatte nur grunzend gelacht und weiter auf den Fernseher geschaut. Suchin fand das alles widerlich. Zweimal hatte Harald auch den Fernseher ausgemacht, als sie in das Zimmer gekommen war und versucht, sich mit ihr zu unterhalten. Aber das fand sie sogar noch schlimmer. Also hatte sie ihm nur einsilbig geantwortet, war so schnell wie möglich wieder in ihr Zimmer verschwunden, und hatte sich dort weiter gelangweilt. Zum Glück war sie wenigstens an den Schultagen ein paar Stunden des Tages nicht in der Wohnung.

4. Weihnachten

Suchin schaute aus dem Fenster. Die ganze letzte Nacht hindurch waren dicke, weiße Schneeflocken vom Himmel geschwebt. Und so lagen heute üppige Polster frischen Schnees auf den Häuserdächern, auf den Ästen der Bäume und auf den parkenden Autos. Es war der Montag nach dem vierten Advent, zwei Tage vor Heiligabend. Suchins Mutter hatte frei und wollte am Nachmittag auf einen Weihnachtsmarkt gehen. Suchin hatte keine Ahnung, was das sein sollte und hatte auch gar keine Lust das herauszufinden. Ihr war es viel zu kalt, um freiwillig die Wohnung zu verlassen. Aber ihre Mutter bestand darauf, dass sie und Harald mitkamen. Also machte sie sich schließlich fertig und lächelte ihren Widerwillen in sich hinein. Sie hatte ja keine Wahl. Wenigstens hatte ihre Mutter ihr dicke Stiefel gekauft und eine warme Daunenjacke in einem spektakulär knalligen Pink.

Eine knappe halbe Stunde später waren sie am Ziel. Es war schon dunkel draußen und am klaren, fast schwarzen Himmel leuchteten vereinzelt Sterne. Der Schnee warf das Licht der Straßenlaternen glitzernd zurück und knirschte unter ihren Stiefeln. Harald war guter Laune. Er legte einen Arm um Suchins Mutter und hielt Suchin seinen anderen Arm zum Einhaken hin.

»Na, das gefällt mir. In jedem Arm ein hübsches Mädchen«, sagte er lachend.

Suchin rümpfte die Nase und sah sich um. Auf einem großen Platz waren unzählige kleine Holzhütten aufgebaut worden, aus denen gelbes Licht in die Nacht hinaus schien. Über den urigen Buden spannten sich funkelnde Lichterketten und der süße Duft von gebrannten Mandeln und Punsch lag in der Luft. Ströme von Menschen bewegten sich zwischen den kleinen Hütten entlang und erfüllten den Markt mit Stimmengewirr und Gelächter. Und darüber schwebte der Klang von Trompeten, die Weihnachtslieder spielten. Suchin fühlte sich wie verzaubert und war so überwältigt von allem, dass sie sich automatisch etwas enger an Harald drückte. Sie betraten den Platz und gingen langsam an den Ständen vorbei.

»Oh, Chaatz, guck ma da. Is daa schön!«, rief auf einmal Suchins Mutter. Sie hatte eine Hütte mit bunten Tüchern entdeckt und ging zielstrebig darauf zu. »Chaatz, guck ma. Bin ik schön?« Sie hatte sich ein Tuch umgeworfen und guckte Harald herausfordernd an.

Er lachte, flüsterte ihr etwas ins Ohr, woraufhin sie wie empört nochmal »Chaatz!«, rief und ihm lächelnd einen Klaps auf den Arm gab. Harald grinste, gab ihr einen Kuss und zückte sein Portemonnaie.

»Wate, Chaatz. Cookie, guck au ma. Da ode da. Oh, da is schö. Ja, bitte, da au. Fü mei Dotta.«

Harald bezahlte.

Zufrieden nahm Suchins Mutter die Tüte mit den Tüchern entgegen und sagte: »Dake, Chaatz!« Sie zwinkerte Suchin zu und flüsterte ihr mit einem verschwörerischen Lächeln ein thailändisches Sprichwort ins Ohr: »Das Huhn ist erst mit Federn hübsch, nicht wahr Cookie?!«

Dann gingen sie weiter. Aber sie kamen nur wenige Schritte voran, bis Suchins Mutter wieder rief: »Oh, is daa schö. Guck ma, Chaatz!«

Viele Marktstände später und mit zahlreichen Tüten behangen, machten sie eine Pause bei einer Hütte, an der es Würstchen und Glühwein gab. Suchin bekam einen Punsch ohne Alkohol und eine Bratwurst. Das tat gut. Sie war von den ganzen Eindrücken und dem Kaufrausch ihrer Mutter schon richtig erschöpft. Während sie das heiße, süße und würzige Getränk schlürfte, ließ sie ihren Blick schweifen. Sie sah Sterne und Lichter, hörte die weihnachtliche Musik und nahm intensiv die vielen Gerüche um sich herum wahr. Die kalte Luft strich über ihre Wangen. Gleichzeitig schloss sich die Menschenmasse wärmend um sie, als wäre sie ein Teil von einer großen, fürsorglichen Herde.

Suchin fand es richtig schön hier auf dem Weihnachtsmarkt. Sie aßen und tranken, schlenderten an den Buden vorbei und scherzten miteinander. Es war fast so, als wären sie eine echte, kleine Familie.

Heiligabend musste Suchins Mutter arbeiten. So war es eben als Köchin. Also war Suchin alleine mit Harald. Mal wieder. Er hatte im Wohnzimmer eine kleine Tanne aufgestellt und sie geschmückt. Am Abend rief er Suchin. Und als sie das Zimmer betrat, drückte er einen Schalter und unzählige kleine Lichter brachten den Baum zum Glitzern und Funkeln. Erstaunt blieb Suchin stehen und ließ den Anblick auf sich wirken. Das war schön. Wirklich schön.

Harald kramte in einer kleinen Tüte, die neben ihm stand und überreichte Suchin ein eingewickeltes Kästchen. Ein Geschenk? Für sie? Suchin packte es verlegen aus und fand darin eine Kette, die sie auf dem Weihnachtsmarkt lange bewundert hatte. Harald musste sie heimlich besorgt haben, als sie und ihre Mutter ihn in dem Gedränge kurz aus den

Augen verloren hatten. Suchin war sehr überrascht. Und gegen ihren Willen freute sie sich. So sehr, dass ihr glatt die Worte fehlten. Sie faltete ihre Hände vor der Brust und neigte den Kopf. Dann half Harald ihr dabei, die Kette umzulegen. Sofort rannte Suchin zum Spiegel, um sich darin zu bewundern. Die Kette war silbern und hatte einen Vogel als Anhänger. Es war zwar kein Kolibri, aber trotzdem sah die Kette superschön aus. Während Suchin sich im Spiegel betrachtete, fiel ihr ein, dass sie gar kein Geschenk für Harald hatte. Sie hatte auch gar nicht vorgehabt, ihm etwas zu schenken, obwohl sie aus der Schule sehr wohl wusste, dass zu dem Weihnachtsfest in Deutschland auch das gegenseitige Beschenken gehörte. Das tat ihr jetzt leid. Schnell rannte sie in ihr Zimmer und durchwühlte den Zettelstapel auf ihrem Schreibtisch. Da ist es ja, dachte sie. Sie nahm einen Stift, schrieb auf das Blatt »*von Suchin*« und hielt auf einmal inne. Sie konnte sich einfach nicht überwinden, auch noch »*für Papa*« zu schreiben. Und wenn sie »*für Harald*« schriebe, würde er enttäuscht oder vielleicht sogar ärgerlich sein. Sie warf einen prüfenden Blick auf das Blatt und überlegte. Nein, es geht auch so, dachte sie. Suchin rollte das Papier zusammen und umwickelte es mit einem rosafarbenen Band, das in ihrem Zimmer herumlag. Dann ging sie langsam ins Wohnzimmer zurück, die Papierrolle hinter dem Rücken versteckt. Doch Harald war gar nicht mehr dort, sondern in der Küche.

»Da bist du ja«, sagte er, als er ihr Eintreten bemerkte. »Ich koche uns ein typisch deutsches Weihnachtsessen.«

Suchin schnupperte. Es roch gut. »Dake«, sagte sie und lächelte höflich. Sie entschied sich, ihm ihr Geschenk beim Essen zu geben und bis dahin einfach abzuwarten.

»Suchin, deck' doch bitte den Tisch«, sagte Harald. »Und dann kannst du mir beim Kochen zur Hand gehen.«

Suchin blickte verblüfft hoch. Bis jetzt hatte er sie noch nie um so etwas gebeten und das war ihr auch ganz recht so gewesen. Sie hatte gedacht, hier in Deutschland müsse sie so etwas nicht machen und hatte sich an diese Bequemlichkeit schon so sehr gewöhnt, dass sie sie als ihr gutes Recht betrachtete. Aber gut, heute konnte sie ihm zur Feier des Tages ja einmal helfen. Immerhin hatte er ihr auch die schöne Kette geschenkt. Sie holte das Geschirr aus dem Schrank und deckte den Tisch. Danach ging sie in die Küche. Sie schälte einen Apfel, rührte die Soße um und reichte Harald verschiedene Zutaten.

Eine halbe Stunde später war das Essen fertig. Es gab gebratene Gans mit Rotkohl und Knödeln. Harald zündete sogar eine Kerze auf dem Tisch an und stellte einen Radiosender ein, der Weihnachtslieder spielte.

»Für die Weihnachtsstimmung«, sagte er und zwinkerte ihr zu.

Suchin probierte erst zaghaft. Aber dann aß sie so viel, dass sie dachte, sie müsse platzen. Das war definitiv ein neues Lieblingsessen von ihr. Während des Essens überlegte Suchin die ganze Zeit, wann und wie sie Harald ihr Geschenk geben sollte. Schließlich gab sie sich einen Ruck, zog es unter dem Tisch hervor, streckte es ihm hin und sagte: »Hie, fü dig.«

Harald schaute sie erstaunt an und nahm die Papierrolle entgegen. Er wickelte sorgsam das Band ab und entfaltete das Papier. Es zeigte ein Bild von Suchin und ihre Mutter, das sie mit Aquarellfarben von einem Foto abgemalt hatte. Harald brauchte lange, bis er etwas sagte. Dann räusperte er sich und meinte: »Vielen Dank, Suchin. Das ist sehr schön. Du bist ja eine richtige Künstlerin. Das wusste ich gar nicht.«

Suchin freute sich über das Lob und lächelte verlegen.

Eine Woche später zu Silvester hatte Suchins Mutter frei, und sie waren bei einem Freund von Harald eingeladen, der ebenfalls mit einer Thailänderin verheiratet war. Haralds Freund veranstaltete eine große Silvesterfeier, zu der noch viele andere Leute eingeladen waren. Es wurde thailändisch gegessen, reichlich getrunken, gesungen und getanzt. Dazu gab es köstliche, mit Marmelade gefüllte, weiche Teigkugeln. »B e r l i n e r«, erklärte ihr Harald und lachte. Und um Mitternacht gingen sie nach draußen, um Raketen abzufeuern. Es war ein toller Abend. Das Jahr, das ihr Leben komplett durcheinandergewirbelt hatte, schloss mit einem Feuerwerk, mit Lachen, Spaß und netten Menschen ab.

Dann begann das neue Jahr.

5. Das neue Jahr

Am ersten Wochenende im Januar klopfte Harald an Suchins Zimmertür und bat sie, kurz ins Esszimmer zu kommen. Er sagte, dass er etwas mit ihr besprechen wolle. Suchin blickte vom Schreibtisch hoch, lächelte und kam Haralds Bitte nach. Erwartungsvoll setzte sie sich an den Tisch und sah Harald an.

»Also Suchin, es geht darum.« Harald räusperte sich, schwieg eine Weile und fuhr dann fort: »Also, als ich ein Junge war, hatten wir alle Pflichten im Haus. Mein Bruder, meine Schwester und ich, wir mussten alle bei den täglichen Arbeiten helfen. Das fand ich als Kind nicht immer gut. Aber heute weiß ich, dass ich dadurch viel gelernt habe und dass so etwas wichtig ist, damit man ein selbständiger Mensch wird. Deswegen habe ich mit deiner Mutter besprochen, dass du ab jetzt auch bestimmte Arbeiten im Haushalt übernimmst. Da deine Mutter und ich beide Vollzeitjobs haben, halte ich es auch nur für recht und billig, wenn du mithilfst.« Harald machte eine Pause und blickte Suchin forschend ins Gesicht.

Suchin ließ sich aber keine Reaktion anmerken, sondern lächelte ihn nur starr an.

Harald räusperte sich noch einmal. »Also wir, das heißt, deine Mutter und ich, wir haben uns überlegt, dass du ab jetzt für die Geschirrspülmaschine zuständig bist. Du musst das Geschirr selbständig ein- und ausräumen. Außerdem sollst du den Müll runterbringen und zu den Mahlzeiten den Tisch decken und abräumen. Das sind deine täglichen

Aufgaben. Dazu kommt dann noch ein Mal wöchentlich das Putzen des Badezimmers.«

Suchins Lächeln gefror immer mehr, während ihre Augen kleine Blitze verschossen. Sie hatte keine Lust auf diese blöden Arbeiten! Bisher hatten sie das doch auch ohne sie geschafft. Warum sollte sie das jetzt auf einmal alles machen? Außerdem war es viel zu viel.

Aber da fuhr Harald schon fort: »Deine Mutter und ich haben uns gedacht, dass es sinnvoll ist, ähm, nun ja, wir dachten uns … Sieh mal, seit du hier bist, bekommst du ja ein kleines Taschengeld. Und wir haben uns gedacht, wir geben dir jetzt etwas mehr, machen das aber von der Erledigung deiner Pflichten abhängig. Das heißt, wenn du dein Taschengeld haben willst, musst du dich auch um deine Arbeit kümmern. Eben wie im richtigen Leben.«

Harald lachte unsicher und griff schnell nach seiner Bierflasche, um einen tiefen Zug zu nehmen. Dabei ließ er Suchin nicht aus den Augen. Er setzte die Flasche ab, seufzte und sagte: »Sicher gewöhnst du dich bald an deine Pflichten. Und auch wenn sie dir keinen Spaß bringen, sie müssen eben gemacht werden. Und letztendlich geschieht es auch, damit du etwas für dein Leben lernst. Alles klar?«

Suchin lächelte frostig, neigte den Kopf und murmelte: »Kei Poblem.« Doch innerlich war sie voller Groll. Sie hatte sich schon sehr an ihr leichtes Leben in Deutschland gewöhnt und empfand die Änderungen als ungerecht und gemein. Suchin hatte zwar nicht jedes Wort verstanden, aber dass sie für ihr Taschengeld ab jetzt etwas tun musste, hatte sie begriffen. Am meisten ärgerte sie sich darüber, dass es zu ihrem Besten sein sollte. Und was sollte das heißen, dass sie jetzt nur noch Geld bekam, wenn sie die

Arbeit erledigte? Das klang ja wie Kinderarbeit. Und die war in Deutschland immerhin verboten. Jedenfalls wenn das, was Herr Sandofen sagte, stimmte. Der spinnt wohl, dachte Suchin und zog sich wütend auf ihr Zimmer zurück. Doch schon kurz darauf hörte sie Harald rufen: »Suchin, deck' bitte den Tisch. Und dann bring' noch den Müll runter, ja?«

Suchin lag auf ihrem Bett und konnte sich kaum dazu aufraffen aufzustehen. Es war, als würde sie wie ein zäher Kaugummi am Bett festkleben. Sie kämpfte beim Aufstehen gegen einen hartnäckigen Widerstand an, der sie zurückhalten wollte. In Zeitlupentempo ging sie zur Tür, durch den Flur und ins Esszimmer. Langsam, wirklich sehr langsam, deckte sie den Tisch und ging in die Küche, um den Müll zu holen.

»Suchin, jetzt beeil dich mal ein bisschen. Das Essen ist schon fertig. Los, los.«

»Okay«, antwortete Suchin. Aber nach wie vor war es, als klebten ihre Gliedmaßen vor lauter Widerwillen am Boden und an den Wänden fest, und sie konnte sich partout nicht schneller fortbewegen. Als sie mit hängenden Schultern an Harald vorbeischlich, sah sie aus den Augenwinkeln, wie sich eine steile Falte zwischen seinen Augen bildete und sich seine Lippen zu einem schmalen Strich zusammenpressten. Das befriedigte Suchin irgendwie. Sollte er nur sauer sein. Er konnte seine Sachen ja auch selbst machen.

Die Tage des neuen Jahres vergingen und wurden langsam wieder länger. Suchin kannte aus Thailand keinen starken Wechsel der Jahreszeiten und nahm die Veränderungen in der deutschen Natur daher überdeutlich wahr. Erstaunt hatte sie im letzten Jahr festgestellt, dass die Sonne von Tag zu Tag immer später aufgegangen und früher wieder untergegangen war. Die viele Dunkelheit im Winter hatte sie bedrückt, auch wenn sie die vielen Lichterdekorationen zur Weihnachtszeit herrlich fand. Trotzdem. Wie erleichtert war sie jetzt um jede Minute, die die Sonne länger am Himmel stand. Und sie spürte förmlich, dass es ihrer ganzen Umgebung genauso ging. Nicht nur die Menschen schienen sich fröhlicher und freier zu fühlen. Es war, als würden die Vögel lauter singen, die Ampeln schwungvoller auf Grün stellen und die Autos in der Sonne strahlender glänzen. Das Geräusch ihrer Schritte auf dem Gehweg ergab eine lustige Melodie und das Atmen ging so leicht, als wäre ihr ein Gewicht von der Brust genommen worden. Geradezu euphorisch wurde sie aber, als das Grün der Bäume zurückkehrte.

Im Herbst war Suchin fast andächtig durch die bunten, raschelnden, Blätter gestiefelt. Sie hatte die gelben, braunen und roten Blätter, die durch die Luft segelten für das Schönste überhaupt gehalten. Dann kamen die funkelnden Lichterketten im Winter, die sie Stadt zu einer magischen Welt aus Schnee und Eis machten. Aber der Frühling jetzt übertraf für sie alles. Fast fühlte sie sich selbst wie ein Baum, der Blätter bekam. Sie war so voller Kraft und Lebenslust und wollte jede Sekunde draußen sein. In der Wohnung hielt sie es kaum noch aus. Sie wollte nur noch raus, raus, raus.

Am liebsten traf sich Suchin mit ihren Freundinnen Dilara und Marta aus ihrer Klasse. Sie waren eine unzertrennliche Dreierclique geworden. Gemeinsam zogen sie durch die Straßen. Sie schauten in die Schaufenster der

Geschäfte oder setzten sich im Park auf eine Bank, die sie feierlich zu *ihrer Bank* erklärten. Sie redeten, alberten herum, oder machten Witze über die vorbeigehenden Leute. Es war herrlich.

Wenn da nur nicht Harald mit seinen Pflichten gewesen wäre. »Suchin, der Müll!« oder »Suchin, der Geschirrspüler« oder »Suchin, du hast den Tisch noch nicht gedeckt.« Harald und seine Pflichten gingen Suchin gewaltig auf die Nerven. Sie hatten es mittlerweile sogar auf Platz eins ihrer *Schlechteste-Dinge-der-Welt-Liste* geschafft. Ständig störte Harald sie mit diesen blöden Aufgaben. Als hätte sie mit der Schule und den Hausaufgaben noch nicht genug zu tun. Ihr Widerwillen wuchs immer weiter an und das Lächeln half schon lange nicht mehr, um ihre Abneigung gegen all das kleiner zu machen.

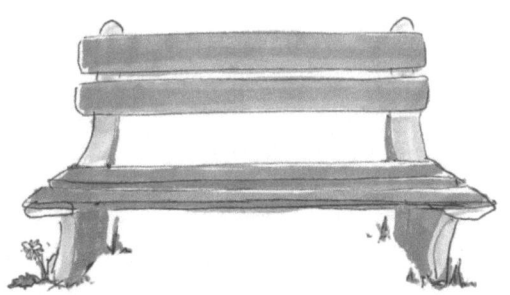

6. Das Telefongespräch

Von Tag zu Tag sprach Suchin etwas besser deutsch und verlor zunehmend ihren thailändischen Akzent. Schnell beherrschte sie die deutsche Sprache besser als ihre Mutter. Die sprach ja auch bei ihrer Arbeit nur thailändisch, hatte ausschließlich thailändische Freundinnen und schaute im Fernsehen vor allem Thai-Sender. Einzig Harald bestand darauf, dass Suchins Mutter weiter Deutsch lernte.

»Wer A sagt, muss auch B sagen«, wiederholte er regelmäßig mit hochgezogenen Augenbrauen. Harald war der Meinung, man müsse sich anpassen, wenn man in ein fremdes Land zog.

Damit hatte Suchin keine Probleme. Nach fast einem ganzen Jahr in Deutschland dachte sie sogar schon in Deutsch und fühlte sich hier beinahe mehr zu Hause als in Thailand. Das kam vor allem durch ihre Freundinnen. Nach wie vor verbrachte sie mit Dilara und Marta jede freie Minute und wenn sie sich nicht sehen konnten, telefonierten sie in Konferenzschaltung.

Auch heute lag Suchin in ihrem Zimmer auf dem Bett und drückte das schon heiße Telefon an ihr Ohr.

»Das hast du nicht gemacht«, hörte sie gerade Marta zu Dilara sagen.

»Und ob. Ey, ich sach doch, ich lass' mir nix gefallen.«

Jetzt mischte sich Suchin ein: »Lara, du hat doch nik wirklich die dicke Mädgen aus der B geschlagen?«

»Mann, ey, wenn ich's doch sage! Die alte Zicke hat es voll verdient. Salak gelmiş salak gidiyor. Dumm geboren und nix gelernt, ey. Ich hab' sie jetzt was gelernt. So. Lohnt sich gar nicht, weiter darüber zu reden.«

Einige Sekunden war es still in der Leitung, dann sagte Marta: »Lara, das ist nicht gut. Du darfst niemand schlagen. Das ist richtig böse. Und gemein ist das.«

»Marta, ey, ich hab' dich voll lieb. Du bist so nett immer, weißt du, ein richtiger Engel. Aber davon verstehst du nix. Man darf sich nich' dumm anlabern lassen. Das geht nich', ey. Dann hat niemand Respekt.«

Da sagte Suchin: »Nee, Lara. Du mud Rebekt auch vo ande'e haben. Und außedem bist du ein Mädgen. Mädgen düfen sik nik hauen.«

»Ach, Cookie«, sagte Dilara lachend. »Du lächelst immer so süß und nett, aber in Wirklichkeit bist du doch voll der böse Tiger im Schafpelz, oder wie das heißt. Von uns dreien bist du bestimmt die Schlimmste.«

»Dat stimmt doch gar nik«, reagierte Suchin entrüstet.

In dem Moment klopfte es an der Tür. Kurz danach sah Harald ins Zimmer hinein und sagte: »Suchin, hörst du jetzt bitte mal mit dem Telefonieren auf. Die Leitung ist schon wieder seit zwei Stunden besetzt. Es kann ja auch sein, dass mich mal jemand erreichen möchte.«

Suchin warf ihm einen genervten Blick zu, deckte den Hörer mit einer Hand ab und antwortete: »Du hat doch ein Handy.«

Harald entgleisten die Gesichtszüge und Suchin konnte richtig sehen, wie er im Kopf nach einer passenden Antwort suchte. Schließlich sagte er: »Dein Ton gefällt mir nicht, Fräulein. Ob ich ein Handy habe oder nicht, ist auch ganz nebensächlich. Außerdem ist es viel teurer, mich auf dem Handy anzurufen als auf dem Festnetz.«

Suchin lächelte ihn höflich an und antwortete: »Es haben heute do alle eine Flatrate. Also makt es do ga nix, wenn ik telefoniere und dik jemand auf dein Handy anuft.«

Haralds Gesicht bekam eine hellrote Färbung und über seiner Nase bildete sich eine tiefe, senkrechte Falte. Dadurch zogen sich seine Augenbrauen zu einem fast durchgehenden, buschigen Strich zusammen und sein Blick wirkte auf einmal sehr bedrohlich.

»Suchin«, sagt er mit betont ruhiger Stimme. »Du legst jetzt sofort auf oder du hast Telefonverbot für den Rest des Monats. Wer die Kapelle bezahlt, bestimmt die Musik. Oder anders ausgedrückt: Ich zahle den Anschluss und ich sage, wie er genutzt wird.«

Suchin lächelte Harald weiter an. Aber jetzt war es ein Lächeln, das das Blut in den Adern gefrieren ließ. Ihre Augen blitzten und schauten unverwandt zu Harald, als sie ins Telefon sagte: »Ik muss auflegen. Wi sehen uns mogen in de Schule. Kuss, Kuss.«

Harald blickte sie noch einen Moment lang an und sagte mit aufgesetzter Freundlichkeit: »Danke, Suchin. Geht doch.« Dann schloss er die Tür und sie hörte seine Schritte in Richtung Wohnzimmer leiser werden.

Suchin presste fest die Lippen aufeinander und ging an ihren Schreibtisch. Dort hatte sie in dem Zettelstapel ein Bild von Harald versteckt, auf dem sie ihre ganze Wut auf ihn herauslassen konnte. Es sah schrecklich aus. Sie hatte ihm eine dicke Schweinsnase verpasst und den Kopf zierten

nur vereinzelte Haare, die wie Borsten abstanden. Die Zunge hing ihm aus dem Mund und Speichel tropfte hinunter. Jetzt malte Suchin ihm noch einige Warzen und Pickel ins Gesicht. So, das hat er verdient, dachte sie.

Später, als sie beim Abendbrot saßen, sprach Harald das Telefonthema noch einmal an: »Wir müssen mal darüber reden, was da heute los war, kleines Fräulein.«

Suchin erstarrte innerlich. An diese Art, über Probleme zu sprechen, konnte sie sich einfach nicht gewöhnen. Sie kannte es so, dass man die Sachen mit sich selbst ausmachte, lächelte und dann war alles wieder gut oder wirkte zumindest so.

Harald bestrich sich ein Brot und sagte, ohne hochzuschauen: »Wir beide leben nun mal in derselben Wohnung. Das heißt, wir müssen irgendwie miteinander auskommen. Und dafür muss man Rücksicht aufeinander nehmen. Es geht also nicht, dass ein Einzelner den Telefonanschluss stundenlang blockiert.« Er hielt kurz inne und schüttelte den Kopf. »Und ich möchte auch nicht, dass du in so einem Ton mit mir redest. Ich erwarte da deutlich mehr Respekt von dir, Fräulein. Man beißt nicht die Hand, die einen füttert, verstehst du? Ich kümmere mich hier schließlich um alles.« Harald machte eine Pause und schaute Suchin prüfend an. »Haben wir uns da verstanden?«

Suchin wollte erst nicken und mit dem üblichen Lächeln alle weiteren Zurechtweisungen im Keim ersticken. Dann dachte sie sich aber plötzlich: Wenn er unbedingt über Probleme reden will, kann er das haben und sagte laut: »Die ande'en düfen abe auk so lange telefonieren. Wa'um daf ik das nik?«

Harald schaute überrascht auf und antwortete dann in einem belehrenden Ton: »Wenn alle anderen von einer Brücke springen, tust du das dann auch? Was andere machen oder dürfen, interessiert mich nicht. Ich habe dir heute Nachmittag schon gesagt, dass auch ich telefonisch erreichbar sein möchte.«

Suchin schwieg einen Augenblick. Dann beschloss sie, ihre Taktik zu ändern. Sie bemühte sich um einen freundlichen Gesichtsausdruck und zwitscherte: »Wenn ik ein Handy mit Flatrate hätte, dann hätten wi ga kein Poblem und es müsste au niemand von de Bücke spingen.«

Harald zog unwillig seine Augenbrauen zusammen. »Hast du eine Ahnung, was das kostet? Nee, wirklich nicht. Dafür habe ich kein Geld übrig. Außerdem bist du erst zwölf Jahre alt. Da brauchst du noch kein Handy. Nee, nee, nee.« Harald schüttelte den Kopf.

»Abe bald bin ik deizehn. Und in meine Klasse bin ik die Einzige ohne Handy.«

Harald schaute sie ungläubig an. »Das kann ich mir nun wirklich nicht vorstellen.«

»Dann fag doch Heen Sandofen. Alle auße mir haben ein Handy.«

»Jetzt frage ich überhaupt niemanden. Jetzt will ich mein Abendbrot essen und das ohne weitere Diskussionen. Ich werde mit deiner Mutter darüber sprechen.«

Suchin jubelte innerlich. Ihre Mutter wäre bestimmt dafür, dass sie ein Handy bekäme. Toll. Sie beschloss, in der Zeit bis zu ihrem Geburtstag besonders auf die Erledigung ihrer nervigen Pflichten zu achten. Vielleicht stimmte das Harald gnädig und sie bekam wirklich ein eigenes Handy. Oh Mann, ein eigenes Handy!

7. Suchin hat Geburtstag

Es war der erste Mai, Suchins Geburtstag. Weil der Tag ein Feiertag war, konnte sie ausschlafen. Sie wollte ganz lange in ihrem Bett liegen bleiben und abwarten, was passieren würde. Kurz vor elf Uhr klopfte es dann an die Zimmertür. Ihre Mutter kam herein, dicht gefolgt von Harald. Harald trug einen Teller, auf dem ein Kuchen mit dreizehn brennenden Kerzen stand. Mit seiner tiefen Stimme schmetterte er Suchin ein »*Happy Birthday to You*« entgegen. Ihre Mutter sang nicht mit, sondern setzte sich auf den Rand des Bettes.

»Allet Gute sun Gebutstak, Chaatz«, sagte sie und umarmte Suchin. Dabei flüsterte sie ihr auf Thailändisch ins Ohr, dass sie ganz stolz auf sie sei und dass sie sich weiter so toll anstrengen solle, um etwas aus ihrem Leben zu machen. Sie flüsterte, damit Harald nicht hörte, dass sie thailändisch mit Suchin sprach und ihr wieder sein »Wer A sagt, muss auch B sagen« vorhielt. Als sich ihre Mutter von ihr gelöst hatte, hielt Harald Suchin den Kuchen hin und schaute sie erwartungsvoll an. Suchin lächelte freundlich und sagte: »Der is seh schön.«

»Du musst die Kerzen auspusten und dir was wünschen. Aber deinen Wunsch darfst du nicht laut aussprechen. Sonst geht er nicht in Erfüllung.«

Suchin blies die Kerzen aus und während sich der Rauch hoch zur Zimmerdecke kringelte, schloss sie die Augen und dachte ganz fest an ein Handy.

»Alles Gute zum Geburtstag, Suchin«, unterbrach Harald ihren Gedanken und gab ihr einen Kuss auf die Stirn.

Suchin antwortete: »Vielen Dank. Dat is seh nett.«

»Komm, zieh dich an, Suchin. Die Bescherung machen wir im Wohnzimmer und danach gibt es Mittagessen«, sagte Harald und fügte dann leicht missbilligend hinzu: »Das Frühstück hast du ja verschlafen.«

Im Wohnzimmer war ein kleiner Gabentisch aufgebaut. Es lagen einige bunt verpackte Geschenke darauf. Suchin blickte fragend zu ihrer Mutter. Die nickte ihr aufmunternd zu und so begann sie, ein Geschenk nach dem anderen auszupacken. Es waren vor allem Anziehsachen: ein kurzes Sommerkleid, neue Jeans, ein paar Schuhe und neue Haarbänder. Ein Handy war nicht darunter. Dabei hatte sie so fest damit gerechnet! Suchin versteckte ihre Enttäuschung hinter einem extra höflichen Lächeln und bedankte sich bei ihrer Mutter und danach bei Harald. Der sah sie mit einem breiten Grinsen an und zwinkerte ihr zu. Dann zog er ein kleines Paket hinter dem Rücken hervor.

»Du hast noch eins vergessen«, sagte er.

Suchin ahnte etwas, riss das Paket voller Vorfreude auf und tatsächlich, es war ein Handy, sogar ein richtiges Smartphone. Suchin war selig. Sie freute sich riesig.

»Das Smartphone läuft mit Vertrag. Du hast aber keine Flatrate, Suchin. Das wäre einfach zu teuer gewesen. Dafür hast du jeden Monat Freiminuten zum Telefonieren und für das Internet. Alles was darüber kommt, werde ich mit deinem Taschengeld verrechnen. Also teile dir die Zeit ein.«

Sie hatte keine Flatrate? Alle hatten doch eine Flatrate. Egal. Hauptsache, sie hatte ihr eigenes Handy.

Am Nachmittag hatte Suchin einige Freunde eingeladen, Marta, Dilara und noch vier andere aus ihrer Klasse. Stolz präsentierte ihnen Suchin ihr neues Smartphone. Sofort zogen ihre Freunde ihre eigenen Handys aus den Taschen und es begann ein wildes Nummerntauschen. Obwohl sie sich gegenübersaßen, riefen sie sich nur zum Spaß an oder schickten sich Nachrichten. Ihre Freunde halfen ihr dabei, ihr Smartphone einzurichten und WhatsApp herunterzuladen. Suchin strahlte. Was für ein toller Geburtstag!

Ihre Mutter hatte leider nicht frei bekommen. Aber immerhin musste sie heute erst später zur Arbeit. Deswegen wollte sie für Suchin und ihre Freunde noch ein besonderes Geburtstagsessen kochen: scharf gewürzte Schweinerippchen und Hähnchenflügel, scharf-saure Tom Yam-Suppe, Reis und thailändische Bratnudeln. Es sollte ein richtiges Festmahl werden.

Während Suchins Mutter in der Küche stand, und Suchin von ihren Freunden in die Welt des Smartphones eingeführt wurde, saß Harald auf dem Balkon. Neben ihm stand eine Kiste Bier, seine Zigaretten lagen auf dem Tisch und es war angenehm warm. Da drinnen war er sowieso überflüssig. Er beschloss, für sich selbst auch ein kleines Fest zu feiern. Warum auch nicht? Er hatte es schließlich verdient, so selbstlos wie er sich um alles kümmerte. Andere hätten sicherlich nicht die halbwüchsige Tochter ihrer Frau aufgenommen und für sie so viel getan. Er ging jeden Tag zur Arbeit, erledigte den Haushalt, brachte Suchin Deutsch bei und regelte alles mit der Schule. Und was hatte er davon? Er musste sich Respektlosigkeiten bieten lassen und seine Frau hatte auch nie Zeit für ihn. Er nahm einen tiefen Zug aus der Flasche und zündete sich eine neue Zigarette an. Wenn er mit seiner Frau ein eigenes Kind hätte, wäre garantiert alles ganz anders. SEIN Kind würde ihn liebhaben und respektieren und seine Frau wäre dann zu Hause und würde ihm hier den Rücken stärken. Jawohl. Schon wieder war eine Flasche leer. »Auch Wasser wird zum edlen Tropfen, mischt man es mit Malz und Hopfen«, murmelte Harald vor sich hin und verzog sein Gesicht zu einem Grinsen. Er öffnete eine neue Flasche. Im Wohnzimmer hörte er die Kinder wild durcheinanderreden und kichern. So hatte er Suchin noch nie erlebt. Wenn sie mit ihm zusammen war, sagte sie kaum ein Wort und hatte ständig dieses Automatenlächeln im Gesicht. Es kränkte ihn, sie so ausgelassen mit ihren Freunden zu sehen. Warum mochte sie ihn nicht? Er war doch immer freundlich zu ihr und half ihr, wo er konnte. Harald nahm erneut einen tiefen Schluck aus der Flasche und zog fest an seiner Zigarette.

Eine Stunde später deckte Suchins Mutter den Tisch und ging dann wieder in die Küche, um das Essen in Schüsseln zu füllen. Da drang auf einmal ein lautes Schnarchen durch die angelehnte Balkontür ins Wohnzimmer. Suchin hielt fassungslos den Atem an. Sie sah, wie ihre Freunde erst einander anschauten und dann durch die großen Fenster auf den Balkon blickten. Harald sandte einen weiteren dröhnenden Schnarcher zu ihnen herüber und ihre Freunde prusteten los vor Lachen, während Suchin am liebsten im Boden versunken wäre.

»Mama«, rief sie, sprang auf, rannte zu ihrer Mutter in die Küche und sprudelte auf Thailändisch los: »Mama, Harald hat sich auf dem Balkon besoffen und ist eingeschlafen. Jetzt schnarcht er und alle meine Freunde lachen sich tot. Mach' doch was, bitte. Das ist so peinlich.«

54

Suchins Mutter ging sofort auf den Balkon und weckte Harald, um ihn ins Schlafzimmer zu bringen. Alle Augen waren auf ihn gerichtet, als er auf seine kleine Frau gestützt durch das Wohnzimmer wankte. Suchin starb innerlich tausend Tode. Aber es kam noch schlimmer. Sie waren schon fast durch die Tür, da drehte sich Harald noch einmal um und torkelte auf Suchin zu.

»Na, mein kleines Geburtstachskind«, lallte er. »Komm gib deim lieben Papa noch'n dicken Kuss und sach ihm, wie lieb du ihn hast.« Kurz vor Suchin verlor er den Halt und stützte sich schwer und polternd auf dem Tisch ab. »Na sowas«, murmelte er und lachte grunzend. Dann blickte er mit glasigen Augen zu Suchin. »So, du kleines Fräulein, jetzt zier dich nich' so. Du kannst mir ja wohl mal ein winziges Küsschen geben und ein bissen Dankbarkeit zeigen für alles, was ich für dich mach'.« Suchin presste ihre Lippen fest aufeinander und sah vor sich auf den Tisch. »So, so. Nich' mal ein Küsschen, was?«

Suchins Mutter zerrte an Haralds Arm und versuchte, ihn wieder Richtung Tür zu bewegen. Harald setzte sich schwerfällig in Bewegung.

»Na, dann kann sich dafür ja deine Mutter erkenntlich zeigen, was Schatz?« Harald lachte und spitzte die Lippen, um Suchins Mutter zu küssen. Dabei griff er mit der Hand an ihren Po. Suchins Mutter lächelte starr, während sie unaufhörlich weiter an Harald zog und zerrte, um ihn aus dem Zimmer zu bekommen. Mit viel Mühe gelang es ihr endlich.

Suchin und ihre Gäste blieben schweigend zurück. Alle schauten betreten an die Wand, auf den Tisch oder auf den Boden und keiner traute sich, etwas zu sagen. Schließlich ergriff Dilara das Wort: »Ey Cookie, das riecht voll lecker. Echt. Ich freu' mich schon krass auf das Essen. Weißt du, ich hab' noch nie thailändisches Essen probiert. Ich schwör', ey.«

Suchin war Dilara für diesen Themenwechsel extrem dankbar. Und als sie sich kurz danach an den Tisch setzten, lockerte sich die Stimmung schnell wieder auf. Das Essen schmeckte fantastisch und ihre Freunde waren begeistert. Nur Marta hatte mit der ungewohnten Schärfe zu kämpfen und wurde ganz rot im Gesicht, was bei Dilara und Suchin immer wieder regelrechte Kicheranfälle auslöste.

Nach dem Essen winkte Suchins Mutter Suchin in die Küche und sagte auf Thailändisch: »Cookie, ich muss zur Arbeit. Es tut mir leid, aber deine Freunde müssen dann jetzt auch gehen. Ich möchte nicht, dass ihr hier ohne erwachsene Aufsicht seid. Und da Harald ...« Sie schwieg. Suchin kniff ihre Lippen zusammen und sah an die Wand. »Cookie, sagst du deinen Freunden bitte, dass die Feier vorbei ist? Ich muss wirklich los!«

Suchin machte auf dem Absatz kehrt. Was sollte sie ihren Freunden nur sagen? Sie fand das alles schrecklich peinlich und ihr fiel einfach keine gute Ausrede ein, um ihre Freunde so plötzlich rauszuschmeißen. Schließlich weihte sie Dilara flüsternd ein. Die zuckte nur mit den Schultern und sagte dann laut: »Also Leute, wir machen jetzt 'nen Abgang, ey. Los, los, alle aufstehen, brav danke sagen und tschüss.«

Die Gäste verabschiedeten sich, Suchins Mutter ging zur Arbeit und Suchin verbrachte den Abend alleine vor dem Fernseher. Dabei versuchte sie, die Eindrücke des Tages zu sortieren. Langweilig war es jedenfalls nicht gewesen.

8. Die Telefonrechnung

Zwei Monate waren seit der Geburtstagsfeier vergangen. Suchin lag im Wohnzimmer auf dem Sofa und hatte ihr Smartphone in der Hand. Ständig ploppten neue Nachrichten auf, die in einer ihrer WhatsApp-Gruppen geschrieben wurden. Da kam auf einmal Harald ins Zimmer und baute sich groß und breit vor dem Sofa auf. In der Hand hielt er einen Zettel, mit dem er aufgeregt herumwedelte.

»Hast du eine Ahnung, was das hier ist, Fräulein?«

Suchin blickte einmal kurz hoch, heftete dann ihre Augen wieder auf das Smartphone und schüttelte den Kopf.

»Hallo! Ich rede mit dir. Würdest du bitte mal das Ding weglegen und mich anschauen!« Haralds Stimme klang sehr gereizt, fast schon aggressiv. Widerwillig setzte sich Suchin auf, legte das Smartphone neben sich aufs Sofa und sah Harald mit einem offensichtlich genervten Ausdruck an.

Harald war in Rage. »Das hier, liebe Suchin, ist die Rechnung für die Verbindungskosten von deinem Smartphone. Einhundertzwanzig Euro!« Harald machte eine kurze Pause, um zu sehen, welchen Eindruck diese Nachricht bei Suchin hinterließ. Aber die zeigte keine erkennbare Reaktion. Stattdessen warf sie einen verstohlenen Blick auf das Smartphone, das neben ihr einmal kurz vibrierte.

»Ich habe dir ausdrücklich gesagt, dass das, was du über die Freiminuten hinaus verbrauchst, mit deinem Taschengeld abgerechnet wird. Das heißt also, du bekommst für die nächsten drei Monate kein Taschengeld.«

Suchin öffnete den Mund, um zu protestieren, aber da hob Harald die Hand und blickte sie so zornig an, dass sie den Mund schnell wieder zuklappen ließ.

»Ich bin noch nicht fertig, Fräulein. Du hast es mit diesem Ding so extrem übertrieben, dass ich es einkassiere, wenn du im nächsten Monat wieder deine Freiminuten überziehst. So, jetzt kannst du etwas sagen. Ich würde dir empfehlen, mit einer Entschuldigung anzufangen.«

Suchin blickte Harald empört an. »Das is doch allet nu passiet, wei ich keine Flatrate habe. Ik sitz doch nik mit eine Stoppuhr daneben. Was weiß ik, wann die Feiminuten aufgebaucht sind. Ik finde dat so unfair.«

»Das ist mir egal, ob du das unfair findest oder nicht. Du kanntest die Regel, du hast dich nicht daran gehalten und jetzt musst du die Konsequenzen tragen. Basta. Mehr habe ich dazu gar nicht zu sagen. Schade, dass du dich nicht mal dafür entschuldigst, Schulden gemacht zu haben, für die ich jetzt aufkommen muss.«

Harald drehte sich um und verließ das Wohnzimmer. Aber das ließ sich Suchin nicht gefallen. Wenn es um ihr neues Smartphone ging, hörte der Spaß auf. Und mit dem Lächeln und Stillhalten hatte sie aufgehört, seitdem Harald sich auf ihrem Geburtstag betrunken hatte. Sie sprang auf und ging hinter Harald her.

»Du kanns mi doch mein Handy nik wegnehmen. Du hat es mir doch gade erst geschenkt. Papa! Dat is so gemein.«

Harald drehte sich um. »Ich habe dir eben gesagt, dass das Gespräch vorbei ist. Wenn du im nächsten Monat keine neuen Schulden machst, dann nehme ich dir dein ach so geliebtes Handy ja auch nicht weg. Es liegt also an dir, ob du es behältst oder nicht.«

Aber Suchin ließ nicht locker. »Wie soll ik denn keine Sulden maken. Ik weiß doch ga nik, wann die Minuten aufgebaucht sind.«

Harald runzelte die Stirn. »Das wird dir doch garantiert irgendwo angezeigt, oder nicht? Du weißt doch, dass ich ein ganz altes Handy habe und mich mit diesem Smartphone-Kram nicht auskenne. Ich werde mich da aber sehr gerne erkundigen und dir sagen, wie du dich über den aktuellen Stand deiner Freiminuten informieren kannst. Ist jetzt alles geklärt? Kann ich mich jetzt darum kümmern, deine Schulden zu bezahlen? Ja?« Harald wirkte schwer genervt.

Aber Suchin ließ ihn dennoch nicht in Ruhe. »Und was is mit dem Taschengeld? Drei Monate ga nix? Nik ein Euro?«

»Nein, nicht ein Euro.«

»Abe ik bauch do ein bissen Geld. Kann ich nik doch ein bissen bekommen, und ik zahle einen Monat länger ab?«

»Nein. Ich habe gesagt, ich verrechne die Schulden mit deinem Taschengeld. Und dann bleibt nun mal drei Monate lang nichts übrig. So ist es eben. Das Leben ist kein Wunschkonzert, Suchin! Außerdem brauchst du überhaupt kein Geld. Essen, trinken, wohnen – das kannst du alles umsonst.«

»Dat is so gemein. Ik zahl die Sulden doch. Warum kant du mi denn nik einen Monat meh Zeit geben? Dann habe ich wenigstens ein bissen Taschengeld.«

»Suchin, ich habe Nein gesagt. Und dabei bleibt es. Du bist doch selber schuld an der Situation. Du musst lernen, für dein Verhalten die Verantwortung zu übernehmen. Wenn du im echten Leben Schulden machst, kommst du nicht so billig davon. Dann musst du für geliehenes Geld nämlich Zinsen bezahlen.« Harald zog die Augenbrauen hoch und streckte den Zeigefinger in die Luft. »Und schwupp, musst du die doppelte Summe zurückzahlen, die du dir geliehen hast. Also sei lieber dankbar, dass ich keine Zinsen von dir verlange und diskutier' nicht weiter herum.«

»Oh Mann, Papa, dat is so unfair. Bitte.«

»Unfair? Hörst du mir eigentlich zu, Suchin?« Harald schüttelte zornig den Kopf.

»Bitte, Papa. Ik bauch do ein bissen Geld!«

»Suchin! Hör jetzt auf! Das Thema ist beendet.«

»Du bist so, so gemein. Wenn ik kein Geld bekomme, dann kanns du deinen dummen Haushalt auch alleine maken.«

»Sag' mal Suchin, geht's noch?! Ich warne dich: Leg' dich nicht ernsthaft mit mir an. Solange du deine Füße unter meinen Tisch stellst, tust du, was ich dir sage! Und jetzt ist Schluss!«

Während der Diskussion waren sie vor Haralds Zimmertür angekommen. Harald ging hinein und schloss die Tür mit einem lauten Knall. Suchin starrte die Tür wütend an und sagte leise: »Ik will meine Füße ga nik unte deinen doofen, blöden Tis stellen. Ik kann au im Stehen ode in meine Zimmer essen«. Und dann flüsterte sie ganz, ganz leise: »Du bist ein doofes Schwein!«

Sie fühlte sich vollkommen ungerecht behandelt und fand Harald sehr kleinlich. Er hatte doch genug Geld. Was stellte der sich so an. Er hätte ja auch gleich einen Vertrag mit Flatrate abschließen können. Wütend ging sie zurück in das Wohnzimmer, legte sich aufs Sofa und nahm ihr Smartphone in die Hand. Schon zwölf neue Nachrichten. Sie war ja gar nicht mehr auf dem Laufenden.

Einige Zeit später fingen die Sommerferien an. Danach würde Suchin auf der Schule in eine ganz normale Klasse gehen. Sie fühlte sich etwas unwohl bei dem Gedanken. Aber immerhin sollte wohl zumindest Dilara in die gleiche Klasse kommen. Marta wohnte dagegen näher an einer anderen Schule und würde dorthin wechseln. Das sorgte bei den drei Mädchen eine Weile für gedrückte Stimmung. Doch dann schlossen sie einen Pakt: Sie würden immer zusammenhalten, ganz egal wie weit sie jemals voneinander getrennt sein würden. Das machte es leichter. Und in den Sommerferien wollten sie noch möglichst viel Zeit miteinander verbringen. Leider ließ Harald Suchin nicht so viel weggehen, wie sie wollte. Fast jeden Tag gab es deswegen Diskussionen.

»Du bist erst dreizehn«, sagte Harald dann. »Es gibt keinen Grund, warum du den ganzen Tag draußen herumlaufen musst, als wärst du obdachlos. Lade doch deine Freundinnen hierher ein.«

Wenn er so etwas vorschlug, dachte Suchin sofort wieder an ihren Geburtstag und antwortete nur mit einem verächtlichen Schnaufen. Nie wieder wollte sie jemanden mit nach Hause nehmen. Meist fing sie dann an zu betteln und ließ so lange nicht locker, bis er sie doch gehen ließ. Auch heute hatte sie es wieder durchgesetzt, nach weggehen zu dürfen. Zum Abendbrot um sieben Uhr sollte sie zu Hause sein.

Jedes Mal, wenn Suchin die Wohnung verließ und die Tür hinter ihr ins Schloss fiel, fühlte sie sich wie befreit. Einige Sekunden stand sie nur im Treppenhaus und genoss die Stille. Dann lief sie zu der Treppe und sprang so rasch hinunter, dass das Klappern ihrer Schritte von den Wänden laut widerhallte. Heute wartete noch dazu ein herrlicher

Sommertag auf sie. Der Himmel war strahlend blau. Es roch nach Hitze und Stadt. Staub, Sonne, Autoabgase, Imbissgerüche und Blumendüfte vermischten sich zu einer einzigartigen Luft, die Suchin fast gierig einsog. Ja, das hier war das Leben. Hier fühlte sie sich ganz als sie selbst. Mit weit ausgreifenden Schritten machte sie sich auf den Weg zum Park, um Dilara und Marta zu treffen. Ihr langes, schwarzes Haar hatte sie zu zwei Zöpfen geflochten, die beim Gehen auf und ab wippten. In demselben Rhythmus baumelte ihre bestickte Umhängetasche weich und fröhlich gegen ihre Hüfte. Sie trug knappe Jeansshorts, die ihre schlanken Beine nur wenig verhüllten, eine weite Bluse und pinkfarbene Chucks. Manchmal drehte sich ein Junge nach ihr um, so dass sie es mitbekam. Das gab ihr ein eigenartig stolzes Gefühl, das ihr wie ein leichter Schwindel zu Kopf stieg. Sie fühlte sich stark, schön und frei.

Als sie beim Park ankam, sah sie, dass Dilara schon auf ihrer Bank saß. Hier trafen sie sich immer und zogen dann gemeinsam weiter. Oder sie blieben hier, bis es Zeit zum Heimgehen war.

Dilara zog eine Packung Zigaretten aus ihrer Jackentasche. »Willste auch eine, Cookie?«

Suchin schüttelte den Kopf und lächelte Dilara irritiert an. »Du rauchst?«, fragte sie dann.

»Ja, klar. Warum denn nich'? Muss man doch mal ausprobieren«, antwortete Dilara und zündete sich eine Zigarette an.

Suchin fand das ekelhaft. Es erinnerte sie an Harald. Sie mochte den Geruch nicht. Außerdem war das schädlich. Das stand ja sogar auf der Packung: »*Rauchen kann tödlich sein*«. Sie konnte außerdem nicht verstehen, was daran toll sein sollte, Rauch einzuatmen. Aber Dilara machte sowieso, was sie wollte. Und deswegen hatte es überhaupt keinen Sinn, mit ihr darüber zu diskutieren. Suchin steckte sich stattdessen einen Kaugummi in den Mund und blickte dann nachdenklich auf die leere Packung.

»Was is', Cookie? Du guckst so komisch.«

Suchin verzog den Mund zu einer Grimasse. »Dat war mein letzte Kaugummi. Nun hab ik keine mehr.«

»Na und?« Dilara zuckte mit den Schultern. »Dann kaufst du dir eben neue. Wo ist das Problem, ey?«

»Ik hab kein Geld mehr.« Suchin guckte Dilara an, drückte mit dem Zeigefinger ihre Nase so nach oben, dass sie wie ein Schweinerüssel aussah und sagte dann: »Er hat mi dok das Taschengeld gestichen, weil ik suviel telefoniet habe.«

Dilara grinste. Dann zuckte sie mit den Schultern und sagte: »Wenn er es dir nich' freiwillig gibt, dann nimm es dir eben so. Du musst nur aufpassen, dass er dich nich' erwischt, Cookie.«

Suchin machte große Augen. »Lara! Du meinst, ik soll ihm Geld stehlen?«.

»Wenn du es unbedingt so nennen willst«, antwortete Dilara gedehnt. »Ich würd' sagen, du nimmst dir das, was dir zusteht, ey. Ich glaub', man hat richtig ein Grundrecht auf Taschengeld, oder so. Das steht sogar im Gesetz, glaub' ich. Mann, der muss dir was geben und wenn er das nich' tut, dann musst du es dir eben nehmen. Is' doch logisch.«

Als kurze Zeit später Marta kam, erwähnten sie ihr Gespräch mit keinem Wort mehr. Sie wussten beide, dass Marta nur schockiert reagieren und sofort versuchen würde, es Suchin auszureden.

Zwei Tage später hatte Suchin Streit mit Harald, wieder mal wegen der Erledigung ihrer Haushaltspflichten. Danach war sie so wütend und fühlte sich so ungerecht behandelt, dass sie ES einfach tat. Leise schlich sie sich vor Haralds Zimmertür. Er war zum Rauchen auf den Balkon gegangen und deswegen außer Sichtweite. Trotzdem klopfte Suchins Herz bis zum Hals. Vorsichtig und bemüht lautlos öffnete sie die Tür und betrat auf Zehenspitzen den Raum. Das also war Haralds Zimmer. War ja total unaufregend. Suchin sah einen ordentlich aufgeräumten Schreibtisch, auf dem ein Laptop stand. Daneben befanden sich zwei Regale, die mit Ordnern und Zeitschriftensammlern bestückt waren. Dazwischen standen einige alte Familienfotos in Rahmen. Das sah ja geradezu langweilig normal aus. Warum Harald wohl immer so ein Theater wegen seines Zimmers machte? Suchin war neugierig. Aber sie hatte definitiv keine Zeit, um sich hier genauer umzusehen. Sie suchte nach Haralds Portemonnaie, um sich das zu holen, was ihr zustand. Da lag es ja. Mit zittrigen Händen griff sie danach, klappte es auf und nahm sich einen Zwanzig-Euro-Schein heraus. Okay. Jetzt schnell wieder raus.

Suchin drehte sich um und streckte ihre Hand zum Türgriff aus. Da sah sie einen Kalender an der Wand hängen. Das Bild für den Monat August zeigte eine extrem leicht bekleidete Asiatin in einer freizügigen Pose. Angewidert verzog Suchin das Gesicht und flüsterte: »So ei Perverser. Deswege soll ik hie nik rein. Damit ik nik seh, was fü ein Schwein er wiklich is.« Dann verließ sie schnell das Zimmer und ging zur Wohnungstür.

»Ik geh jetzt«, rief sie laut und wartete kaum Haralds »Um sieben Uhr bist du wieder zu Hause« ab. Noch draußen auf der Straße klopfte ihr Herz so stark, dass sie meinte, jeder im Umkreis von zehn Metern müsste es hören. Doch als sie Dilara bei der Bank auf sich warten sah, war alle Anspannung vergessen. Übermütig zog sie den Schein aus der Tasche und wedelte damit triumphierend in der Luft herum.

Am nächsten Tag hörte Suchin, wie Harald ihre Mutter am Telefon fragte, ob sie Geld aus seinem Portemonnaie genommen habe. Kurz darauf kam Harald in ihr Zimmer.

»Suchin, ich hab' da mal eine Frage.« Er räusperte sich einmal kurz und schaute sie dann mit einem prüfenden Blick an. »Mir fehlen zwanzig Euro. Du weißt nicht zufällig, wo die sein könnten?«

Suchins Herz raste, doch das ließ sie sich nicht anmerken. Sie lächelte ihn höflich an und sagte: »Nein, kein Ahnung.«

Harald kniff die Augen zusammen und fixierte sie noch einmal mit einem stechenden Blick. »Und dass du in meinem Zimmer nichts zu suchen hast, weißt du, oder?«

Suchin nickte hastig. Harald sah sie kurz zweifelnd an, dann drehte er sich um und ging wieder. Suchin ließ sich auf ihr Bett fallen und atmete einige Male tief ein und aus. Das ist ja gerade noch einmal gut gegangen, dachte sie. Aber da täuschte sie sich.

Einige Tage später kam Suchin von einem Treffen mit ihren Freundinnen nach Hause und ging wie immer direkt in ihr Zimmer. Sie öffnete die Tür und bekam einen Riesenschrecken, als sie Harald auf ihrem Schreibtischstuhl sitzen sah. Offensichtlich wartete er auf sie.

»Was mat du in mein Zimmer?«, fragte sie vor lauter Schreck in einem besonders schroffen Ton.

»Ich wünsche auch dir einen Guten Abend, Suchin. Wie freundlich und wohlerzogen du doch bist«, antwortete Harald ironisch. Dabei sah er so verkniffen aus, als hätte er in eine Zitrone gebissen. »Aber um deine höfliche Frage zu beantworten: Ich sichere Beweise, junge Dame.«

»Was?«, fragte Suchin unsicher. Sie stand noch immer in der Tür und hatte eine Hand auf der Klinke. Sie merkte, wie der Schreck in ihr langsam nachließ und sich dafür Panik breitmachte.

»Nun, ich habe eben die Wohnung gesaugt. Und in deinem Zimmer bin ich dabei über einige Sachen gestolpert, die mich sehr stutzig gemacht haben.«

Harald zeigte vor sich auf den Schreibtisch, wo er drei Kaugummipackungen in den Geschmackssorten Erdbeere, Grapefruit und Apfel und eine Packung mit Aquarellstiften sorgfältig nebeneinander aufgereiht hatte. Alle Dinge waren noch neu und eingeschweißt. Suchin sah ins Leere und versuchte, sich im Kopf eine Erklärung zurechtzulegen, damit er bloß nicht herausfand, dass sie die Sachen von dem Geld gekauft hatte, das er vermisste.

»Übrigens finde ich es nach wie vor bemerkenswert, was für eine begabte Malerin du bist«, sagte Harald dann mit einer merkwürdig belegten Stimme und deutete auf ihren Papierstapel. Suchin erstarrte. Obenauf lag das Bild von Harald mit Schweinerüssel, Pickeln und anderen Verunglimpfungen. Ihr Herz schlug rasend schnell und ihr stieg eine heiße Welle von Blut in den Kopf. Noch immer wusste sie nicht, was sie sagen sollte. Also starrte sie weiter stumm vor sich hin.

»So, ich möchte jetzt mal wissen, wie du dir die Sachen so ganz ohne Taschengeld kaufen konntest.«

»Ik hatte noch was von letzte Monat«, antwortete Suchin patzig und fügte hinzu: »Ik dachte, das ist mein Zimmer. Wieso durchsugst du meine Sachen?«

»Ich habe dein Zimmer nicht durchsucht. Aber wenn ich in deinem Schweinestall sauge und mir dabei lauter neue, noch original verpackte Dinge entgegenpurzeln, obwohl du kein Taschengeld hast und mir zufällig zwanzig Euro im Portemonnaie fehlen, dann gucke ich auch schon einmal genauer hin, Fräulein.« Harald klang jetzt wirklich zornig.

»Ik hab dein Geld nich', Papa. Die Sachen sind alt. Ik habe sie nur nicht ausgepackt. Du bist voll gemein.«

»Eben meintest du, du hättest noch Geld vom letzten Monat gehabt und jetzt hast du die Sachen auf einmal schon ganz lange? Das passt doch nicht zusammen, Suchin. Gib doch zu, dass du mir das Geld gestohlen hast, und dass du einfach ohne Erlaubnis in mein Zimmer gegangen bist.«

»Ik hab dein Geld nich genommen«, antwortete Suchin entrüstet und mit Tränen in den Augen. Sie war ernsthaft beleidigt, so, als hätte sie vollkommen vergessen, dass sie ihm tatsächlich das Geld gestohlen hatte. »Und in dein Zimmer war ich auch nich.«

Harald presste seine Zähne so fest aufeinander, dass die Kiefermuskeln deutlich hervortraten. Schließlich zischte er zwischen fast geschlossenen Lippen hervor: »Stehlen, lügen, in anderer Leute Privatsphäre eindringen, wenn das wieder vorkommt, erwarten dich ernsthafte Konsequenzen, Suchin.« Dann stand er auf und ging ohne ein weiteres Wort aus dem Zimmer.

Es war das einzige Mal geblieben, dass Suchin Geld aus Haralds Portemonnaie genommen hatte. Und sie war auch nicht wieder in sein Zimmer gegangen. Aber es blieb nicht das letzte Mal, dass sie sich stritten. Im Gegenteil. Sie gerieten immer häufiger aneinander. Meist ging es darum, dass Harald mit Suchins Hilfe im Haushalt unzufrieden war und dass er nicht verstand, warum sie ständig wegwollte. Dazu kam nach den Sommerferien Suchins Wechsel in eine normale Klasse, der alles andere als problemlos verlief. Woche um Woche verstrich und die Stimmung in der Wohnung verschlechterte sich zunehmend. Krieg und Waffenruhe wechselten sich zwischen Suchin und Harald ständig ab und Suchins Mutter, die als einzige vielleicht hätte Frieden stiften können, war nur selten da. Suchin zog sich immer mehr zurück. Nur wenn sie mit ihren Freundinnen zusammen war, fühlte sie sich frei und lebendig und hatte Spaß.

9. Ein Baby

Suchins vierzehnter Geburtstag stand vor der Tür und noch immer war ihr die Erinnerung an Haralds betrunkenen Auftritt im letzten Jahr ein Gräuel. Deswegen wollte sie auf keinen Fall ihre Freunde zu sich nach Hause einladen. Stattdessen wünschte sie sich zum Geburtstag einen Gutschein für das Einkaufszentrum. Und am nächsten Tag wollte sie dann alleine mit ihren Freundinnen shoppen gehen. Harald fand das alles unmöglich. Er meinte, wenn sie ihre Freunde nicht einladen wolle, könnten sie ja seine Eltern und Geschwister mit ihren Familien einladen. Das wäre dann ein richtig schönes Familienfest. Suchin drehte sich schon bei dem Gedanken an Haralds Familie der Magen um. Eigentlich waren sie alle ja ganz nett, aber sie gehörten eben zu Harald. Deswegen empfand es Suchin fast schon als ihre Plicht, sie nicht zu mögen. Als sie dann einmal kurz alleine mit ihrer Mutter war, flehte sie sie daher regelrecht an, die Familienfeier zu verhindern. Sie erinnerte sie daran, wie Harald ihr den letzten Geburtstag verdorben hatte und weinte fast bei der Bitte, dieses Jahr ohne ihn feiern zu dürfen. Ihre Mutter schaute sie traurig und enttäuscht an, nickte aber. Und irgendwie schaffte sie es dann, Harald von seinen Plänen abzubringen.

Am Morgen ihres vierzehnten Geburtstags stand also nur ein Kuchen mit brennenden Kerzen im Wohnzimmer. Davor lehnte ein Umschlag mit einem Einkaufsgutschein. Suchin lächelte erleichtert und bedankte sich mit zwei hastigen Umarmungen. Aufmerksam studierte sie danach den

Gutschein, während ihre Mutter und Harald ihr schweigend zusahen. Im Hintergrund lief leise Radiomusik.

Nach einer Weile sagte ihre Mutter: »Cookie, ik haab no was. Ein Übe'aschung.« Suchin, die noch ganz auf ihren Einkaufsgutschein konzentriert war, blickte zerstreut hoch. Ihre Mutter nahm die Hand von Harald, wechselte einen Blick mit ihm und sagte: »Cookie, du bekommt ei klei Buder ode Swester.«

Suchin glaubte, sich verhört zu haben. Verwirrt schaute sie auf den Gutschein und dann wieder hoch zu ihrer Mutter. Was hatte sie eben gesagt? Bruder oder Schwester? Meinte sie etwa ein BABY? Hatte sie das richtig verstanden? So wie ihre Mutter sie anschaute und dabei eine Hand auf ihren Bauch gelegt hatte, meinte sie es wirklich ernst. Sie und Harald bekamen ein Kind. In Suchins Kopf wirbelten die Gedanken durcheinander. Sie wusste nicht, wie sie das finden sollte. Eigentlich wäre es schön, einen Bruder oder eine Schwester zu haben. Aber mit Harald als Vater? Dann wäre sie ja irgendwie noch mehr verwandt mit ihm. Dann würde das hier alles noch endgültiger und fester werden. Erst jetzt merkte Suchin, dass irgendein ein Teil von ihr gedacht hatte, das Zusammenleben mit Harald sei nur etwas Vorübergehendes.

»Oh«, war das Einzige, was sie sagen konnte. Dazu lächelte sie krampfhaft. Schließlich brachte sie hervor: »Ich zieh' mich mal an, okay?«, und flüchtete in ihr Zimmer. Dort atmete sie tief durch und beschloss, darüber nicht weiter nachzudenken. Morgen stand erst mal das Shoppen mit ihren Freundinnen auf dem Plan. Was danach war, würde sie dann sehen.

Als drei Monate später die Sommerferien anfingen, sah man Suchins Mutter die Schwangerschaft bereits deutlich an und Suchin wusste noch immer nicht, was sie davon halten sollte. Das Baby würde voraussichtlich Anfang November auf die Welt kommen. Doch schon jetzt konnte ihre Mutter nicht mehr lange stehen und klagte ständig über Schmerzen. Deswegen ging sie auch viel weniger arbeiten. Sie half vormittags bei den Vorbereitungen im Restaurant, die man auch im Sitzen erledigen konnte und kam danach wieder nach Hause. Erst jetzt erfuhr Suchin, dass ihre Mutter gar nicht offiziell angestellt war, sondern das meiste Geld in bar bekam. So bezahlte sie keine Steuern und hatte mehr Geld für sich. Dafür war so etwas verboten und wenn es herauskam, würde ihre Mutter unheimlich viel Ärger bekommen, vielleicht sogar ins Gefängnis gehen müssen. Außerdem hatte sie keinen Kündigungsschutz und keinen Mutterschutz. Sie hatte überhaupt keinen Schutz, den sonst Angestellte in Deutschland haben. Deswegen würde sie auch bald arbeitslos sein und gar kein Geld mehr verdienen. Suchin erfuhr jetzt ebenfalls, dass ihre Mutter von ihrem Geld die Familie in Thailand unterstützte. Zu dem Haushalt in Deutschland steuerte sie nur wenig bei, den finanzierte größtenteils Harald. Dieser Gedanke war Suchin ziemlich unangenehm. Sie wollte nicht, dass Harald für sie sorgte.

Jedenfalls war ihre Mutter jetzt viel mehr zu Hause, und deswegen war auch Suchin kaum noch unterwegs. Sie hatte so wenig Zeit in ihrem Leben mit ihrer Mutter verbracht, dass sie ein riesiges Bedürfnis hatte, diese Zeit nachzuholen. Oder vielleicht wollte sie auch einfach glauben, dass es ihrer Mutter wichtig war, sie bei sich zu haben. Also saß sie mit ihr meist gemeinsam auf dem Sofa und guckte sich thailändische Fernsehsendungen an. Wenn Harald nach Hause kam, war er sichtlich genervt, dass schon wieder Thai-Sender im Fernsehen liefen, kein Essen vorbereitet und der Haushalt nicht gemacht war. Fast jeden Tag kam es zu heftigen Auseinandersetzungen wegen Suchins Pflichten im Haushalt. Die endeten dann meist damit, dass sich beide vor Suchins Mutter aufbauten und gleichzeitig auf sie einredeten. Am Anfang war Suchin fest davon überzeugt gewesen, dass ihre Mutter für sie Partei ergreifen würde und dann endlich Schluss wäre mit diesen dämlichen Pflichten. Doch da hatte sie sich getäuscht. »Cookie, du mut dei Abeit mahen!«, sagte ihre Mutter stattdessen oder »Cookie, du mut meh feudlich sei. Ha'ald tut so vie fü dik.«

Suchin fühlte sich verraten. Trotzdem sprang sie auf, sobald ihre Mutter irgendetwas haben wollte und brachte es ihr. Und trotzdem blieb sie auch weiterhin viel zu Hause, um bei ihrer Mutter zu sein. Irgendetwas in ihr zwang sie dazu. Irgendetwas, das darauf hoffte, von ihrer Mutter ein echtes Lächeln zu sehen und von ihr zu hören, dass sie sie liebhatte. Lieber als sonst jemanden auf der Welt und erst recht lieber als Harald.

10. D-M-S

An einem besonders schönen Tag in den Sommerferien traf sich Suchin auch mal wieder mit ihren Freundinnen. Wie immer wollten sie sich bei ihrer Bank im Park treffen und Suchin ging den gewohnten Weg voller Vorfreude. Sie trug ein kurzes, geblümtes Kleid über pinken Leggings und hatte ihr langes Haar zu einem Pferdeschwanz gebunden. Die heißen Sonnenstrahlen warfen flirrende Schatten vor ihr auf den Weg. Aus einem Imbiss roch es nach gebratenen Hühnchen, und aus einem vorbeifahrenden Auto dröhnte laute, türkische Musik. Ab und zu fuhr eine kleine Brise in die Bäume am Straßenrand und ließ die Blätter rauschen. Suchin musste breit grinsen, so herrlich fand sie den Sommer in der Stadt. Kurze Zeit später sah sie Dilara und Marta auf der Bank sitzen. Die Mädchen sprangen auf und tauschten Wangenküsschen.

»Schön, dass du dich auch endlich mal wieder blicken lässt, Cookie!«, Dilara lächelte Suchin vorwurfsvoll an.

Die hob bedauernd Schultern und Hände und sagte: »Ich kann jetzt eben nicht so viel nach draußen. Meine Mama braucht nun mal Hilfe, weil sie das Baby bekommt.«

»Ein Baby!«, seufzte Marta und schaute mit einem verklärten Blick ins Leere. »Das wird bestimmt sooo süß. Ich liebe diese kleinen, süßen, asiatischen Babys.«

Suchin zuckte mit den Schultern. »Ich weiß nicht, ob das Baby eine Chance hat, süß zu werden«, sagte sie und drückte ihre Nasenspitze mit dem Finger nach oben. »Bei dem Vater!«

Die Mädchen grinsten. Kurze Zeit später zog Dilara einen dicken schwarzen Stift aus ihrer Handtasche.

»So, Chicas, wir machen jetzt das, was wir schon längst tun wollten. Unsere Bank wird endlich getaggt, ey!« Sie schaute ihre Freundinnen erwartungsvoll an. Die guckten erst etwas unsicher zurück und sahen dann prüfend in alle Richtungen, ob irgendjemand in der Nähe war.

»Alles klar?«, fragte Dilara.

Suchin und Marta nickten.

»Dann mach ich jetzt unser Zeichen auf die Bank. Ein Dreieck für unsere Freundschaft und DMS für unsere Namen. Okay?«

Suchin und Marta nickten noch einmal.

Einige Stunden später war nicht nur die Bank markiert. Die drei Freundinnen waren durch die Stadt gezogen und hatten sich an allen möglichen Orten verewigt: an Brücken-pfeilern, auf Geländern, Abfallbehältern und Plakaten. Überall prangte jetzt ihr Zeichen. Sie waren in einen regel-rechten Rausch geraten. Dass so etwas verboten war und großen Ärger mit der Polizei bedeuten konnte, wussten sie. Aber es war ihnen egal und sorgte auch für ein aufregendes Kribbeln im Bauch. Dabei hatte Suchin vollkommen die Zeit vergessen. Als sie auf ihrem Smartphone nachschauen wollte, wie spät es war, erschrak sie fürchterlich. Es war schon halb zehn Uhr abends und sie hatte fünf verpasste Anrufe. Wieso hatte sie davon nichts mitbekommen? Ach ja, sie hatte vorhin ja auf lautlos gestellt, weil sie bei ihrer ersten Verabredung nach so langer Zeit nicht gestört werden wollte. Da, schon wieder ein Anruf. Harald. Suchin meldete sich mit einem kleinlauten »Hallo.«

Aus dem Telefon schallte ihr Haralds Stimme unverkennbar wütend entgegen: »Hast du eine Ahnung wie spät es ist, Fräulein?«

»Es tut mir leid, Papa. Ich habe gar nicht auf die Uhr geguckt. Ich komme jetzt gleich nach Hause.«

»Was heißt das? Wo bist du überhaupt?«

»Ich bin unterwegs.«

»Ich weiß, dass du unterwegs bist, Suchin. Hier, wo du sein solltest, bist du schließlich nicht. Ich möchte jetzt sofort wissen, wo du dich herumtreibst und wie lange du nach Hause brauchst.«

»Ich bin in zwanzig Minuten da. Okay?«

»Nee, okay ist das nicht. Ich will wissen, wo du dich mit deinen vierzehn Jahren um halb zehn Uhr abends herumtreibst, verdammt. Aber darüber können wir auch noch reden, wenn du zu Hause bist. Jetzt beeil dich. Deine Mutter ist schon ganz krank vor Sorge.«

Suchin schaute zu ihren Freundinnen und schnitt eine Grimasse. »Ich muss jetzt schnell los. Kommt ihr noch ein Stück mit?«

Alle drei hatten die Zeit vergessen und konnten sich auf Ärger zu Hause gefasst machen. Außerdem war es ein wenig unheimlich draußen, wenn man wusste, wie spät es war. Die Leute, die ihnen entgegenkamen, wirkten mit einem Mal wie zwielichtige Gestalten, die nur darauf aus waren, ein paar Mädchen zu rauben. Die Schatten schienen größer und düsterer zu sein und die Geräusche der vorbeifahrenden Autos hallten laut und unheimlich durch den Abend.

Vierzig Minuten später war Suchin endlich zu Hause. Harald war unheimlich sauer und drohte mit einer Strafe nach der anderen. Wild schimpfend tigerte er durch die Küche, während ihre Mutter auf einem Küchenstuhl saß und ihm in allem recht gab. Als Harald dann noch Spuren von schwarzem Stift an ihren Fingerspitzen entdeckte, zog er die richtigen Schlussfolgerungen und flippte vollständig aus. Er hätte sich gleich denken können, dass Suchin mal kriminell werden und öffentliches Eigentum beschädigen würde. Ob sie ins Jugendgefängnis wolle. Da wäre sie wenigstens in einer Gesellschaft, die zu ihr passen würde, lauter grundschlechten Gören ohne Respekt. Er müsse sich überlegen, ob er sie nicht selbst anzeigen solle. So etwas könne er unter seinem Dach einfach nicht dulden, schließlich stehe er im öffentlichen Dienst. Eine Diebin und Vandalin, sei sie. Es sei einfach nicht zu glauben. Dabei hätte sie hier alles. Alles hätte sie hier. Er sei tief enttäuscht und das wäre lange nicht wieder gut zu machen. Nein, das wäre es nicht.

Suchin ließ die Strafpredigt mit gesenktem Kopf über sich ergehen. Sie fühlte sich ungerecht behandelt und allein.

Und das, was er zu ihr sagte, tat ihr dieses Mal richtig weh. Krampfhaft bemühte sie sich darum, nicht in Tränen auszubrechen. Irgendwann durfte sich Suchin endlich auf ihr Zimmer zurückziehen. In dieser Nacht hatte Suchin einen Traum, den sie lange nicht vergessen konnte.

Suchin war in Thailand. Doch das Land war menschenleer. Sie ging durch das Dorf, in dem ihre Großeltern lebten. Niemand war da. Dann war sie auf einmal in Bangkok. Aber nirgendwo war auch nur ein einziger Mensch zu sehen. Sie war ganz allein, mitten auf einer großen mehrspurigen Straße. Plötzlich stand sie vor einem Tempel mit einer riesigen lächelnden Buddha-Statue aus Gold. Auf der Schulter der Statue saß ein kleiner Kolibri, der sie aus seinen glänzenden schwarzen Augen neugierig ansah. Sie wollte ihre Hand ausstrecken, um die Statue zu berühren. Das sollte einem Glück und Erfolg bringen. Doch da bebte auf einmal der Boden. Die Statue geriet ins Wanken, kippte und stürzte direkt auf sie zu. Suchin sah ihre Mutter hinter der Statue stehen und schrie laut um Hilfe. Ihre Mutter lächelte nur leblos und drehte sich weg. Hatte SIE die Statue umgestoßen? Suchin sprang in letzter Sekunde zur Seite. Dort wo eben noch die Buddha-Statue gestanden hatte, gähnte jetzt ein riesiges Loch im Boden, und ihre Mutter stand auf einer Treppe auf der anderen Seite des Tempels. Doch als Suchin nach ihr rief, wandte sie sich ab und ging immer weiter weg, bis sie irgendwann kaum noch zu sehen war. Warum tat sie das? Suchin rannte hinterher und rannte und rannte. Aber sie bewegte sich überhaupt nicht von der Stelle. Trotzdem rannte und rannte sie weiter und weiter. Auf einmal war sie in dem Dorf ihrer Großeltern und sah dort wieder ihre Mutter. Sie fütterte die Schweine. Suchin lief auf sie zu, doch ein Schwein stellte sich ihr in den Weg. Ärgerlich nahm sie einen Stock und versuchte, das Schwein damit zu verscheuchen. Aber das Schwein wollte einfach nicht gehen. Es war aufdringlich und schnüffelte mit seinem feuchten Rüssel an ihr. Da trat Suchin zu. Das Schwein lief quiekend fort, genau in die Arme ihrer Mutter, die sie tadelnd ansah und dann gemeinsam mit dem Schwein wegging, ohne auch nur ein Wort zu ihr zu sagen. Warum tat sie das? Suchin rannte hinterher, doch wieder kam sie nicht von der Stelle, egal wie schnell sie auch lief. Vor ihr veränderte das Schwein langsam seine Gestalt und wurde zum Menschen. Auf einmal war es Harald. Suchin hörte auf zu laufen und sah ihnen nach. Da hielten ihre Mutter und Harald zwischen sich plötzlich ein kleines Kind an den Händen. Alle drei lachten sich an und gingen immer weiter fort, bis sie nicht mehr zu sehen waren. Suchin merkte, dass sie weinte. Sie beobachtete, wie ihre Tränen in Zeitlupentempo auf den Boden tropften und direkt vor zwei Schweinsfüßen in lauter Minitropfen zersprangen. Irritiert starrte sie diese Füße an, bis sie begriff, dass es IHRE Schweinsfüße waren. Suchin hatte sich in ein Schwein verwandelt. Sie wollte schreien, doch es kam nur ein Grunzen heraus. Dann war Suchin auf einmal wieder in Deutschland. Sie lag mitten auf der Wiese vor ihrer Bank und schaute in den Nachthimmel, an dem ein Kolibri aus Sternen flog. Gleichzeitig spürte sie, dass sie nicht alleine war. Rechts neben ihr lag Marta, links neben ihr Dilara, und beide griffen nach ihren Händen und hielten sie fest.

11. *In der Schule*

Es war Herbst. Die Blätter an den Bäumen begannen sich zu verfärben und in einem langsamen Schaukelflug Richtung Boden zu segeln. Früh am Morgen war die Luft feucht und frisch, und manchmal zogen sogar dünne, weiße Nebelschwaden durch die Straßen.

Suchin und Dilara waren jetzt bereits seit über einem Jahr in ihrer neuen Klasse. Dort war es anders als in der Vorbereitungsklasse. Was genau anders war, konnte Suchin gar nicht sagen. Aber es war anders. Vielleicht lag es daran, dass die meisten ihrer Klassenkameraden in Deutschland geboren und aufgewachsen waren. Vielleicht lag es daran, dass sie jetzt eine Klassenlehrerin hatte, die sie nicht leiden konnte. Vielleicht lag es daran, dass da dieser Junge war, der ihre Gedanken ungewöhnlich viel beschäftigte. Suchin wusste es nicht. Doch sie fühlte sich in der Schule nicht mehr so wohl wie vorher. Vor allem diese Lehrerin, diese Frau Gerstenkorn, konnte sie nicht ausstehen. Irgendetwas an ihr erinnerte Suchin an Harald, vor allem dann, wenn sie Suchin mit hochgezogenen Augenbrauen anschaute und dabei so belehrend und von oben herab mit ihr redete, als käme Suchin nicht nur aus einem anderen Land, sondern auch noch aus einem Heim für besonders dumme Kinder. Suchin hasste das. Also ärgerte sie ihre Lehrerin bei jeder Gelegenheit. Das gab ihr ein eigenartiges Gefühl der Befriedigung. Und das Gelächter ihrer Klassenkameraden spornte sie zusätzlich an. Frau Gerstenkorn verstand allerdings keinen Spaß und nachdem sie zum dritten Mal mit

Suchin aneinandergeraten war, hatte sie Harald angerufen. Harald war voll und ganz auf der Seite von dieser Frau Gerstenkorn gewesen. Natürlich! Er hatte sie noch nicht einmal nach ihrer Version der Geschichte gefragt, sondern einfach alles geglaubt, was die Gerstenkorn ihm erzählt hatte. Am Ende hatte er Suchin mit Fernseh- und Telefonverbot gedroht, wenn sie sich nicht besser benehmen würde. Und ihre Mutter war sowieso immer auf der Seite von Harald. Suchin brodelte innerlich. Sie riss sich zwar eine Weile zusammen, doch in ihr wuchs und wuchs ein dicker Klumpen aus Wut und Hass und Trotz. Nach einiger Zeit hatte sie das Gefühl, dass sie an diesem Klumpen noch ersticken würde, wenn sie es Frau Gerstenkorn und Harald nicht heimzahlen konnte. Also fing sie wieder damit an, sie bei jeder Gelegenheit zu provozieren. Sie gab freche und flapsige Antworten, verweigerte es, Aufgaben zu übernehmen und zeigte mit ihren Blicken sehr deutlich, was sie von Frau Gerstenkorn und von Harald hielt. Eine ganz leise Stimme in ihr sagte, dass sie damit am meisten sich selbst schadete. Die Stimme war aber so leise, dass sie sich ohne große Anstrengung überhören ließ.

Der schwarze Klumpen war jedoch nicht das einzige neue Gefühl in ihr. Da war auch so ein warmes Kribbeln, das ihr Herz schneller schlagen ließ und ihr den Appetit verdarb. Und dieses Gefühl überkam sie jedes Mal dann, wenn dieser bestimmte Junge sie anschaute. Er hieß Denis und sah sie auf eine Weise an, die Suchin vollkommen durcheinanderbrachte. Es war ein Blick, der ihr das Gefühl gab, sie alleine wäre schön und interessant und irgendwie … besonders. Außer diesen Blicken war bisher jedoch rein gar nichts passiert, das gesamte letzte Schuljahr nicht. Sie hatten sich noch nicht einmal wirklich unterhalten. Suchin war deswegen auch davon überzeugt, dass das alles gar nichts zu bedeuten hatte. Außerdem schüchterten sie seine teuren Klamotten und seine etwas überhebliche Art ein. Denis sagte nämlich auch im Unterricht kein Wort, so, als hätte er es einfach nicht nötig sich mitzuteilen. Trotzdem oder gerade deswegen wetteiferten die anderen Jungen in der Klasse um seine Freundschaft. In der Pause stand er inmitten einer Gruppe von Jungen lässig an eine Wand gelehnt, die Hände in den Hosentaschen vergraben. Und während alle auf ihn einredeten, schaute er sich um und beobachtete, was auf dem Schulhof los war. Suchin und Dilara gingen dann untergehakt über den Hof und wie zufällig immer wieder an der Gruppe vorbei. Dabei warfen sie verstohlene Blicke zu den Jungs hinüber und bemerkten äußerst zufrieden, dass sie ihrerseits ebenso viele Blicke auf sich zogen. Kichernd warf Suchin dann ihr langes Haar über die Schultern und Dilara versetzte ihrer Freundin übermütig einen liebevollen Schubs mit der Hüfte. Dabei klimperten an ihren Handgelenken unzählige, goldene Armreife. Seit sie in die neue Klasse gingen, hatte Dilara ihren Kleidungsstil nämlich komplett verändert. Sie trug fast nur noch schwarze, damenhafte Sachen wie kurze Blazer, elegante Tops und Chinos. Jetzt, da ihr fünfzehnter Geburtstag kurz bevorstand, hatte sich Dilara vorgenommen, erwachsen zu werden. Sie hatte aufgehört zu rauchen und wollte auch niemanden mehr schlagen. »Das is' voll unsexy«, sagte sie. Den dicken, schwarzen Stift hatte Dilara aber immer noch ständig dabei. Und wenn sich eine Gelegenheit bot, hinterließ sie schwungvoll das Dreieck mit den drei Buchstaben DMS.

»Ey, ich schwör', der will garantiert was von dir, Cookie«, flüsterte Dilara Suchin ins Ohr.

Es war ein sonniger Herbsttag und sie gingen gerade wieder an der Jungsgruppe rund um Denis vorbei.

»Glaubst du? Aber er sagt ja nie was zu mir. Ich weiß nicht.« Suchin war unsicher, fühlte sich aber gleichzeitig geschmeichelt von Dilaras Vermutung.

»Nee, ganz klar, ey. Der lässt dich voll nich' aus den Augen. Frag' ihn doch, ob er sich mal mit dir verabreden möchte.«

Suchin riss die Augen weit auf. »Spinnst du, Lara? Ich frag' ihn gar nichts. Das wäre mir viel zu peinlich. Vielleicht will er ja auch was von dir. Frag' du ihn doch.«

»Na, von mir aus«, antwortete Dilara in einem halb gelangweilten, halb genervten Ton. »Wart' mal kurz, bin gleich wieder da.«

Suchin hielt fassungslos den Atem an. Diese Dilara war einfach unglaublich. Gab es irgendetwas, wovor die Angst hatte? In diesem Moment empfand Suchin nur tiefe Bewunderung für ihre Freundin. Zur gleichen Zeit klopfte ihr Herz bis zum Hals. Ein ungutes Gefühl der Übelkeit breitete sich in ihrem Bauch aus. Verzweifelt versuchte sie, nicht direkt zu den Jungen hinüber zu schauen und trotzdem alles genau mitzubekommen. Eine Minute später, die Suchin wie eine Ewigkeit erschien, kam Dilara zurück. Sie hakte sich bei ihr ein und schlenderte mit ihr über den Schulhof, ohne auch nur ein Wort zu sagen. Schließlich hielt Suchin es nicht mehr aus.

»Dilara! Hallo! Kannst du mir bitte mal erzählen, was er gesagt hat?«

»Was krieg' ich denn dafür?«, fragte Dilara grinsend.

»Oh, du bist so gemein. Jetzt sag' es mir endlich oder ich rede die ganze Woche kein Wort mehr mit dir.« Suchin war langsam wirklich außer sich.

»Was? Du drohst mir, Cookie?«, Dilara machte eine lange Pause, in der sie sich sichtlich an Suchins Aufregung weidete. »Na gut. Ich sag's ja schon.« Dilara machte noch einmal eine Pause, in der Suchin sich fühlte, als würde sie vor lauter Aufregung gleich in Ohnmacht fallen. »Also, ich hab's ja gesagt. Er steht auf dich, ey.«

»Was?«

»Ja, Mann, der Typ steht auf dich. Er will sich gerne mal mit dir treffen.«

»Denis?«

»Nee, Cookie, Justin Bieber, weißt du! Ey, du stehst doch sonst nicht so auf der Leitung. Ich sag's jetzt das letzte Mal, ey. Denis steht auf dich und will sich mit dir verabreden. Geschnallt?«

Jetzt sagte Suchin gar nichts mehr. Ihr war, als wäre ihr Herz auf einmal ein Kolibri, der wild in ihr herumflatterte und ihre Gedanken durcheinanderwirbelte. Dilara musterte sie neugierig. Aber Suchin sagte kein Wort. Wie im Traum ging sie den Rest der Pause mit Dilara auf dem Schulhof hin und her und blickte dabei mit klopfendem Herzen auf den Boden.

In der nächsten Schulstunde flog ein gefalteter Zettel auf ihren Tisch. Er war von Denis.

12. Die Verabredung

Suchin und Denis hatten sich tatsächlich verabredet. Ihrer Mutter und Harald hatte Suchin davon aber nichts erzählt. Nach wie vor wollte sie nicht, dass sie wussten, was in ihr und ihrem Leben vor sich ging. Es war ihre Art, sie dafür zu bestrafen, dass sie sich im Stich gelassen fühlte. Außerdem hätte Harald wahrscheinlich so etwas gesagt wie: »Eine Vierzehnjährige muss sich nicht mit Jungs verabreden.«

Also hatte sie ihnen gesagt, dass sie sich wie üblich mit Dilara und Marta treffen würde. In Wirklichkeit war sie aber mit Denis in einem kleinen Eiscafé verabredet.

Suchin war fürchterlich aufgeregt. Sie hatte ewig lange überlegt, was sie anziehen sollte und sich schließlich für Stiefel, Leggings, einen kurzen Rock und einen bunten Pullover entschieden. Darüber trug sie eine Weste und einen winzigen Rucksack. Ihr langes Haar ließ sie offen über die Schultern fallen. Nervös blickte sie auf die Uhr an ihrem Handgelenk. Weil sie so lange gebraucht hatte, um etwas zum Anziehen zu finden, war sie spät dran. Sie beschleunigte ihren Schritte und spürte, wie ihr Herz immer schneller schlug. Ihr war entsetzlich übel. Da kam endlich das Café Luigi in Sichtweite. Der Himmel leuchtete in einem strahlenden Blau und die bunt gefärbten Laubkronen der Bäume säumten die Straße wie riesige Fackeln. Das angenehm milde Herbstwetter hatte viele Gäste in das Café gelockt, und fast alle Tische an der frischen Luft waren besetzt. Suchins Schritte wurden immer langsamer und sie ließ ihren Blick suchend schweifen. Unsicher blieb sie kurz vor den ersten Tischen stehen. Sie konnte Denis nirgendwo entdecken. Da löste sich aus dem Schatten der Hauswand eine Gestalt und kam auf sie zu.

»Hey«, sagte Denis und blickte ihr versonnen ins Gesicht. Suchin bekam heiße Wangen und antwortete mit einem leisen »Hallo«.

Nachdem beide eine Weile geschwiegen hatten, sagte Denis: »W-wollen wir uns ein Eis auf die Hand holen und ein wenig g-gehen?«

Suchin guckte ihn verwundert an und Denis presste fest seine Lippen aufeinander. Er stottert, dachte Suchin. Deswegen redet er so wenig. Es war komisch. Aber dieser eine gestotterte Satz nahm Suchin alle Hemmungen. Er war also auch nur ein Mensch. Auf einmal konnte sie ihm direkt ins Gesicht schauen und ganz frei mit ihm reden. »Klar«, sagte sie und lächelte ihn strahlend an.

Sie holten sich ein Eis und schlenderten nebeneinander die Straße entlang. Eine Zeit lang waren beide vollauf mit dem Eis beschäftigt und sagten kein Wort. Doch dann sah Suchin Denis von der Seite her an und fragte: »Was hat Dilara eigentlich zu dir gesagt?«

Denis grinste und sagte dann: »S-sie hat gemeint: Ey, willst du dich nicht mal endlich mit Cookie verabreden? Dieses Hin- und Hergegucke seit einem Jahr ertrage ich echt nicht mehr.«

Suchin lachte. »Und was hast du dann gesagt?«

Denis grinste noch breiter. »Ich habe gefragt: W-wer ist Cookie?«

Suchin lachte kurz auf und kniff dann den Mund zusammen. Zwischen ihren Augenbrauen bildete sich eine steile Falte. »Ja, diese dumme Gerstenkorn will nicht, dass ich in der Klasse Cookie genannt werde. Sie hat gesagt, dass auf ihrer Klassenliste nirgendwo Cookie steht und sie deswegen auch niemanden in der Klasse Cookie nennt.« Suchin machte eine kurze Pause und seufzte: »Der Lehrer in meiner alten Klasse, Herr Sandofen, war echt viel, viel cooler.« Als sie Denis' fragenden Blick bemerkte, erklärte sie: »Cookie ist mein Spitzname aus Thailand, weißt du? Dort werden die richtigen Namen eigentlich gar nicht benutzt, damit die bösen Geister sie nicht kennen. Das ist sowas wie ein Schutz.« Suchin lächelte verlegen in Richtung Boden.

Denis schaute sie an und schmunzelte. »Du möchtest also gerne K-keks genannt werden, ja?«

Suchin grinste und gab ihm einen Schubs. »Nein, nicht Keks. Cookie.«

»Also gut. Cookie. Muss ich jetzt auch einen Spitznamen haben?«

Suchin musterte ihn mit einem übermütigen Glitzern in den Augen. »Wie wäre es mit ›Nase‹? Ihr Weißen habt alle so große Nasen.« Sie lachte.

Denis lachte mit und schubste sie sanft. »Ich will n-nicht Nase heißen. Ich will einen coolen Spitznamen.«

»Na gut, dann werde ich mir einen für dich ausdenken. Den sage ich dir, wenn wir uns das nächste Mal treffen.«

Denis guckte sie fragend an, und als Suchin seinen Blick mit einem schüchternen Lächeln erwiderte, strahlte er übers ganze Gesicht.

Sie gingen noch lange nebeneinander her. Als die Straße zu Ende war, kehrten sie einfach um und gingen den Weg bis zum Eiscafé zurück. Dann drehten sie wieder um und dann noch einmal. Sie redeten die ganze Zeit, lachten und lächelten sich an. Schließlich dämmerte es schon so stark, dass die Straßenlaternen angingen. Es wurde schnell kühler und die kalte Luft strich über ihre warmen Gesichter. Es war Zeit, nach Hause zu gehen. An der Weggabelung, an der sie in unterschiedliche Richtungen gehen mussten, blieben sie stehen und sahen sich an. »D-du möchtest mich also unbedingt wiedertreffen, ja?«, fragte er leise und mit einem leichten Grinsen im Mundwinkel.

»Ja, unbedingt!«, sagte Suchin heftig nickend und ergänzte frech: »Ich muss dir doch deinen neuen Spitznamen sagen. ›Weißgesicht‹ vielleicht. Oder doch lieber ›Nasenbär‹?«

Darauf sagte Denis gar nichts mehr. Er schaute ihr nur lange in die Augen. Sein Gesicht war auf einmal ganz ernst. Suchin bekam weiche Knie und in ihrem Bauch fühlte es sich an, als würde dort ein ganzer Schwarm Kolibris herumflattern. Sie wusste nicht, was sie jetzt tun sollte und wollte gerade nervös etwas wegen der Schule fragen. Da umfasste er mit einer Hand vorsichtig ihren Nacken und drückte seine Lippen auf ihre. Die Zeit schien still zu stehen und Suchin fühlte sich, als würde in ihrem Inneren ein Sternschnuppenregen niedergehen. Der Kuss dauerte kaum zwei Sekunden, aber für Suchin war es ein Ereignis, das die Welt veränderte.

Als sich ihre Lippen voneinander gelöst hatten, sahen sie einander noch eine Weile schweigend und staunend in die Augen. Eine kalte Windböe fegte über ihnen durch die Bäume und ließ einige Blätter auf sie herabregnen. Sie sahen sich grinsend an. Denis strich ihr sanft eine Haarsträhne hinters Ohr. »A-also, das mit dem Spitznamen habe ich ja verstanden. Aber ich finde es trotzdem schade, dass ich deinen richtigen Namen nicht benutzen soll. Sein K-klang passt irgendwie zu dir. Hat der eigentlich irgendeine Bedeutung?«

Suchin nickte, ihre Wangen glühten. »Schöner Gedanke«, sagte sie leise.

Denis tastete im Dunkeln nach Suchins Hand, drückte sie fest und flüsterte in ihr Ohr: »Und was für einer.« Dann drehte er sich schnell um, steckte die Hände in die Taschen seiner Lederjacke und stapfte davon. Suchin blickte ihm noch einen Augenblick hinterher. Da drehte er sich im Laufen noch einmal um und rief ihr zu: »T-tschüss, bis morgen!«

Suchin winkte ihm zu und machte sich dann langsam und verträumt auch auf den Heimweg.

Am nächsten Morgen war Suchin auf dem Weg zur Schule extrem nervös. Denis und sie hatten gar nicht darüber gesprochen, wie sie sich in der Schule verhalten wollten und ob sie jetzt offiziell ein Paar waren. Dilara und Marta hatte Suchin noch am Abend alles per WhatsApp berichtet. Aber was war mit den Klassenkameraden? Würde Denis so tun, als wäre nichts gewesen, oder würde er sie – was sie sogar noch schlimmer fände – vor allen küssen wollen? Suchin war also sehr angespannt, als sie, wie üblich, einige Minuten zu spät in den Klassenraum kam. Kaum hatte sie die Tür geöffnet, da sah sie auch schon, wie Denis zu ihr schaute und sie angrinste. Sie lächelte scheu zurück und schlich schnell zu ihrem Platz. Kurz darauf flog ein Papierkügelchen auf ihren Tisch. Sie schaute sich zu Denis um, der ihren Blick erwiderte und eine auffordernde Handgeste machte. Heimlich entfaltete sie die Kugel und las: »*Hallo Kekschen. Ich fand es toll gestern. Bist du jetzt fest mit mir zusammen?*«

Darunter waren drei Kästchen gemalt: Ja, Nein und Vielleicht. Suchins Mund verzog sich zu einem glücklichen Lächeln. Vor lauter Freude kribbelte ihr Bauch und ihre Wangen glühten. Mit einem dicken roten Stift kreuzte sie das Ja an. Dann schrieb sie darunter: »*Wenn du auch willst!!! Ist das ein Geheimnis?*« Dazu malte sie zwei Herzen über die sie einmal Ja und einmal Nein schrieb.

Dilara, die neben Suchin saß, guckte neugierig herüber und stieß sie dann grinsend in die Seite. Suchin strahlte glücklich und verlegen zur gleichen Zeit und faltete den Zettel wieder zusammen. Als Frau Gerstenkorn gerade nicht guckte, warf sie die Papierkugel schnell wieder zu Denis hinüber. Der fing sie geschickt auf. Und schon kurz darauf landete der zusammengeknüllte Zettel wieder auf ihrem Tisch. Darauf stand dick und fett: »*Und wie ich will!!!*«. Bei den Herzen war das Nein angekreuzt. Dazu hatte Denis noch gekritzelt: »*Wie soll ich sonst mit dem schönsten Mädchen in der Schule angeben?*«

Suchin überströmte eine heiße Welle des Glücks und sie musste so heftig grinsen, dass es nach einer Weile fast in den Wangen wehtat.

»Ich wüsste nicht, dass irgendetwas an der NS-Zeit zum Lachen gewesen wäre, Suchin. Was ist es denn, was dich so erheitert?« Mit schnellen Schritten ging sie auf Suchin zu und warf einen prüfenden Blick auf ihren Tisch.

Doch Suchin hatte den Zettel blitzschnell zusammengeknüllt und unter dem Tisch an Dilara weitergereicht. Dann sah sie mit klimpernden Wimpern zu Frau Gerstenkorn hoch und flötete zuckersüß: »Ihr toller Unterricht macht mich einfach so wahnsinnig glücklich, Frau Gerstenkorn.«

Man hörte einige unterdrückte Lacher in der Klasse. Frau Gerstenkorn aber kniff die Lippen für einen Moment so fest zusammen, dass ihr Mund nur noch ein dünner, Strich mit herabhängenden Mundwinkeln war. Doch schon eine Sekunde später hatte sie ein falsches Lächeln aufgesetzt und sagte in einem ebenfalls zuckersüßen Ton: »Das freut mich natürlich sehr, Suchin. Und damit dein Glück noch ein wenig länger anhält, schreibe mir bis morgen doch bitte zwei DIN-A4-Seiten über die Judenverfolgung im Dritten Reich.« Sie blickte Suchin einen Augenblick lang selbstzufrieden ins Gesicht. Dann drehte sie sich um, ging zur Tafel zurück und sagte: »Du brauchst dich nicht zu bedanken, Suchin. Ich gebe dir jederzeit gerne ein wenig Mehrarbeit mit nach Hause. Du musst es nur sagen.«

Kaum klingelte die Schulglocke zur Pause, da stürmte Suchin wütend aus der Klasse. Erst auf dem Schulhof blieb sie stehen und atmete tief die frische Luft ein. Auf einmal spürte sie, wie sich eine Hand auf ihren Rücken legte. Sie dachte, es wäre Dilara und drehte sich, mit einer bösen Bemerkung über Frau Gerstenkorn auf den Lippen, um. Doch mitten im Satz verstummte sie plötzlich und lächelte befangen in Denis' Gesicht. Er sah sie mitfühlend an und sagte: »Hey, t-trag's mit Fassung.«

Suchin zuckte nur mit den Schultern. Jetzt wo er vor ihr stand, war die ganze Wut verflogen. Ihr Herz klopfte laut und der Schwarm Kolibris flog in wilden Loopings durch ihren Bauch. Die vielen Schüler auf dem Hof und die neugierigen Blicke, die sie streiften, verunsicherten sie aber. Sie hatte keine Ahnung, wie sie sich jetzt verhalten sollte. Denis sah sie eine Weile an, und dann nahm er sie einfach in den Arm. Auf einmal war alles gut. Suchin atmete tief den Geruch der Lederjacke ein, der so perfekt zu seinem ganz eigenem Denisduft passte, und fühlte sich so sicher und beschützt wie selten zuvor. Dann zog er sie auf eine Bank am Rand des Hofs und sie redeten und lachten miteinander, bis die Schulglocke zur nächsten Stunde läutete.

Zu Hause erwähnte Suchin mit keinem Wort, dass sie jetzt einen Freund hatte. Dort drehte sich sowieso alles nur um ihre hochschwangere Mutter und den kurz bevorstehenden Geburtstermin. Babysachen hier, Babysachen da und eine Mutter, die andauernd über Schmerzen und Unwohlsein klagte. Suchin hatte nichts gegen das Baby, aber der ganze Trubel, der darum gemacht wurde, ging ihr gewaltig auf die Nerven. Am schlimmsten fand sie Harald, der von Tag zu

Tag aufgeregter wurde. Vollkommen verständnislos beobachtete sie, wie er sich bei jeder Gelegenheit zu dem Bauch ihrer Mutter herunterbeugte und sich in alberner Babysprache mit ihm unterhielt. Was sollte das für einen Sinn haben? Sie fand, das war ein unwürdiges Verhalten für einen erwachsenen Mann.

Eine gute Seite hatte die Aufregung um die Geburt aber doch. Harald achtete nur noch wenig auf die Erledigung ihrer Haushaltspflichten und ließ sie jetzt auch immer ohne Diskussion weggehen. Und das nutzte Suchin nach besten Kräften aus. Dabei versuchte sie, ihre Zeit so gerecht wie möglich zwischen Denis und ihren Freundinnen aufzuteilen. In der Schule hatte sie mit Dilara nämlich schon einen kleinen Streit gehabt, weil sie jede Pause nur noch mit Denis zusammen gewesen war.

»Ey Cookie, das geht echt nich' klar, ey. Ich find' das ja ganz süß, dass ihr jetzt so einen auf voll verliebt macht und so. Aber deswegen steh' ich hier doch nich' dumm rum und warte, bis du dich mal wieder an mich erinnerst«, hatte Dilara geschmollt.

Aber als Suchin sich gleich entschuldigt und Besserung gelobt hatte, war sie sofort wieder versöhnt gewesen.

»Kusursuz dost arayan dostsuz kalir«, hatte sie mit einem breiten Grinsen gesagt. Und als Suchin sie daraufhin verständnislos angestarrt hatte, hatte sie übersetzt: »Wer einen Freund ohne Fehler sucht, der bleibt ohne Freunde.«

Suchin hatte gerührt zurückgelächelt. Dilara regte sich zwar schnell auf, aber wenn man ihr nur ein klein wenig entgegenkam, beruhigte sie sich sofort wieder. Hinter ihrer oft ruppigen Art verbarg sie eben ein riesengroßes Herz.

13. Suchin bekommt einen kleinen Bruder

Am 31. Oktober kam Suchin von der Schule nach Hause und niemand war da. Das irritierte sie erst etwas, aber dann sagte sie sich: »Auch gut.«

Suchin schmiss ihren Rucksack in ihr Zimmer und ging dann in die Küche. Sie hatte Hunger. Doch als sie die Kühlschranktür öffnen wollte, sah sie einen großen Zettel daran hängen, der sie von jetzt auf gleich jeden Gedanken an Essen vergessen ließ.

Wir sind im Krankenhaus. Das Baby kommt. Ruf' auf dem Handy an, wenn du zu Hause bist. Papa.

Suchin starrte auf den Zettel, die Hand auf dem Griff der Kühlschranktür. Es dauerte eine Weile, bis sie begriff, was da stand. Dann rannte sie ins Esszimmer, griff zum Telefonhörer und wählte Haralds Nummer. Das Handy war ausgeschaltet. Verdammt! Suchin war selbst ganz überrascht davon, wie aufgeregt sie auf einmal war. Ihre Gedanken rasten und ihr Herz klopfte ihr bis zum Hals. Sie bekam einen kleinen Bruder! Jetzt! Sie wusste schon lange, dass es ein Junge werden würde. Bisher war es ihr nur irgendwie egal gewesen. Aber nun nicht mehr. Egal wer der Vater war. Egal wie sehr Harald und ihre Mutter sie nervten, es würde IHR Bruder sein. SIE würde einen Bruder bekommen.

Aufgeregt ging Suchin auf und ab. Sie probierte noch ein paarmal, Harald auf dem Handy zu erreichen. Dann beschloss sie, einfach ins Krankenhaus zu fahren. Suchin wusste, wo ihre Mutter sein würde. Sie hatte ihre Mutter einmal zu einer Untersuchung dorthin begleitet. Aber wie kam sie jetzt dahin? Sie konnte gar keinen klaren Gedanken fassen. Da rief sie kurzerhand Denis an und fragte ihn, ob er mit ihr dorthin fahren könne. Auf einmal war es nicht mehr wichtig, ob ihre Eltern von ihm wussten oder nicht.

Eine halbe Stunde später saß sie mit Denis Hand in Hand im Bus. Sie sprachen kein Wort, sondern saßen nur da und warteten auf die richtige Station. Im Krankenhaus fragten sie sich durch und erfuhren irgendwann, dass Suchins Mutter noch im Kreißsaal war. Also setzten sie sich in den Wartebereich und warteten. Es verging erst eine Stunde, und dann noch eine und noch eine. Suchin hatte sich in Denis' Arm gekuschelt und ihren Kopf an seine Schulter gelehnt. Irgendwann sah sie dann Harald durch die Tür kommen und sprang auf. »Papa, dein Handy ist aus. Deswegen bin ich so hergefahren. Ist das Baby da? Hat es alle Finger und Zehen? Ist es gesund? Geht es Mama gut?«, sprudelte es nur so aus ihr heraus.

Aber Harald hatte seinen Blick starr auf Denis gerichtet und sah ihn mit einer steilen Falte auf der Stirn durchdringend an. »Wer ist das?«, fragte er nur.

Suchin blickte sich um. Denis stand langsam auf und kam zögernd auf sie zu. »Das ist Denis … aus meiner Klasse … Er hat mich hergebracht … Ich wusste nicht, welchen Bus ich nehmen muss«, antwortete sie schleppend. Auf einmal war es ihr doch nicht mehr egal, ob Harald wusste, dass Denis ihr Freund war. Sie hatte viel zu viel Angst davor, dass er einen dummen Spruch machen oder unfreundlich zu Denis sein würde.

94

»G-guten Tag, Herr Schnäbler«, sagte Denis höflich. »Ich hoffe, alles ist in Ordnung. C-cookie war sehr aufgeregt, da habe ich sie lieber begleitet. Das ist hoffentlich okay?«

Harald streckte Denis versöhnlich seine Hand entgegen und sagte: »Das ist nett von dir.«

Dann wandte er sich mit einem auf einmal strahlenden Gesicht wieder an Suchin. »Ich wollte dich gerade anrufen. Da sagte mir eine Schwester, dass du hier wartest. Es ist alles gut. Die Geburt war sehr anstrengend für deine Mutter und es gab auch leichte Komplikationen. Aber jetzt ist dein Bruder gesund und munter auf der Welt. Wenn du willst, bringe ich dich zu ihnen.«

Harald schaute etwas unwillig zu Denis. »Du verstehst sicherlich, dass das hier eine Familienangelegenheit ist. Es war sehr nett von dir, dass du Suchin hergebracht hast. Aber jetzt ist sie ja da. Du kannst also wieder nach Hause fahren.«

Denis wechselte einen schnellen Blick mit Suchin. Die nickte ihm entschuldigend zu und nahm sich vor, am nächsten Tag alles wiedergutzumachen. »Vielen Dank«, sagte sie. »Bis morgen in der Schule.«

Kurz danach sah Suchin ihren kleinen Bruder zum ersten Mal. Er sah komisch aus. Die Haut war schrumpelig, die Augen rot unterlaufen und sein kleiner Kopf war mit einem schwarzen, klebrigen Flaum bedeckt. Trotzdem spürte Suchin sofort eine heftige Liebe für dieses kleine Wesen in sich. Ihr Blick wanderte zu ihrer Mutter. Oh Mann, die sah aus, als hätte sie eine Woche lang nicht geschlafen, und wäre zusätzlich noch einen Marathon gelaufen. So eine Geburt schien ganz schön anstrengend zu sein. Ihre Mutter begegnete ihrem Blick mit einem müden Lächeln und winkte sie zu sich. Nach einer kurzen Begrüßung hielt sie ihr das Baby entgegen und nickte auffordernd. Suchin zögerte einen Augenblick, bevor sie ängstlich nach dem winzigen Menschen griff. Als sie ihn endlich sicher auf ihrem Arm positioniert hatte, schaute sie ihm neugierig ins Gesicht. Das war er also. IHR Bruder.

»Er soll Hanno heißen, haben wir uns überlegt. Hanno Schnäbler. Dann hat er die gleichen Initialen wie ich.« Harald legte Suchin den Arm um die Schultern und schaute verzückt seinen kleinen Sohn an.

Normalerweise hätte Suchin die Berührung von Harald gestört. Aber in diesem Augenblick fühlte es sich gut und richtig an. »Hanno«, wiederholte Suchin leise und drehte sich zu ihrer Mutter. Die lag halb sitzend im Krankenhausbett und beobachtete Suchin aufmerksam. »Gib ihn mi zück, er mut tinken«, sagte sie schließlich und streckte die Arme aus.

Suchin und Harald blieben noch eine halbe Stunde im Krankenhaus und fuhren dann gemeinsam mit dem Auto nach Hause. Es war ein ungewöhnlich friedlicher Abend, den sie miteinander verbrachten. Sie machten gemeinsam einen Teller mit Schnittchen und setzten sich damit an den Küchentisch. Die meiste Zeit schwiegen sie. Aber ab und zu sagte einer von einen ihnen einen Satz wie: »Hast du die kleinen Fingerchen gesehen?« oder: »Er hat so eine winzige, niedliche Nase, findest du nicht auch?«

Endlich hatten sie etwas gefunden, was sie miteinander teilten: ihre Begeisterung für den kleinen Hanno. Als sie mit dem Essen fertig waren und den Tisch abgeräumt hatten, räusperte sich Harald und fragte: »Der Junge, mit dem du im Krankenhaus warst, wie hieß der noch mal?«

Suchin lächelte verlegen und stammelte: »Äh, Denis.«

Harald räusperte sich noch einmal und brummte: »Ach ja, richtig. Denis. Sieht aus wie ein netter Junge, finde ich.«

Suchin blickte überrascht auf und strahlte, als hätte das Kompliment ihr gegolten. Sie sagte aber nur: »Ja, das ist er auch« und ging dann froh und glücklich ins Bett.

Wenige Tage später durfte ihre Mutter mit Hanno nach Hause kommen und Harald war losgefahren, um sie abzuholen. Suchin, die noch eine Überraschung vorbereiten wollte, war in der Wohnung geblieben. Jetzt saß sie an ihrem Schreibtisch vor einem Stapel Papier und malte sehr konzentriert und mit sicheren Strichen große Buchstaben auf die Zettel. Dabei versuchte sie, den Buchstaben das Aussehen von Tieren zu geben oder zumindest ein Tier auf den Buchstaben klettern, sitzen oder sonst etwas tun zu lassen. HERZLICH WILLKOMMEN HANNO sollte es am Ende ergeben und über seinem Bett an der Wand hängen. Fast war sie fertig. Es fehlte nur noch das O. Natürlich eine Schlange, die sich selbst in den Schwanz beißt, dachte sie. Was sonst? Ihre Überraschung kam super an. Harald strich ihr mit einem gerührten Lächeln über den Kopf und auch ihre Mutter schien sich zu freuen.

Und dann war Hanno da und es begann das Leben mit einem Baby in der Wohnung. Suchin hatte sich vorher gar keine Gedanken darüber gemacht, wie das sein würde. Irgendwie hatte sie geglaubt, es würde alles so weiterlaufen wie bisher. Aber so war es nicht. Kaum kam sie von der Schule nach Hause, hieß es auf einmal: »Cookie, kannt du Hanno nehm, bietäh. Ik bi so müde« oder: »Cookie, kant du Windel neu maken, bietäh« oder Harald sagte: »Suchin, pass mal bitte auf deinen Bruder auf. Ich muss das Abendessen kochen und deine Mutter schläft gerade.« Am Anfang fand sie das auch wirklich toll. Sie konnte gar nicht genug bekommen von dem kleinen Kerl. Er war einfach zu süß. Ständig machte Hanno drollige Laute, schmatzte, brabbelte oder gluckste. Mit seinen winzigen Fingern klammerte er sich an ihr fest und wenn sie ihn auf den Arm nahm, hörte er fast immer auf zu schreien. Das alles gab ihr ein warmes, wohliges Gefühl.

Mit der Zeit ging ihr die neue Situation jedoch auf die Nerven. Auf einmal sollte sie ständig zu Hause bleiben. Einerseits konnte sie das verstehen. Denn Hanno schrie nachts viel und ihre Mutter bekam kaum Schlaf. Andererseits dachte sie: ICH habe doch kein Kind bekommen. DIE haben eins bekommen. Dann müssen DIE sich auch darum kümmern. Denis und Dilara hatte sie die letzten zwei Wochen nur in der Schule gesehen und Marta gar nicht. Und wenn Harald oder ihre Mutter mitbekamen, dass sie auf ihrem Smartphone etwas tippte, während sie auf Hanno achten sollte, dann gab es jedes Mal Ärger.

14. Heimlicher Besuch bei Denis

Draußen wurde es jetzt schon sehr früh dunkel und es war unangenehm kalt. Die Bäume waren kahl und die spitzen Äste ragten wie knochige Finger in den grauen Himmel. Dazu regnete es seit Tagen dünne, endlose Bindfäden aus eisigem Wasser. Suchin wurde immer unzufriedener. So ging es nicht weiter. Ihre Freunde waren ihr wichtig. Sie vermisste es, mit ihnen unterwegs zu sein. In der Wohnung fühlte sie sich wie eingesperrt und jeden Tag etwas mehr ausgenutzt. Als sie aus dem Fenster guckte, kamen ihr die dünnen Regenrinnsale auf der Scheibe wie Gitterstäbe vor. Nein, das hielt sie nicht mehr aus. Sie musste raus hier. Kurzentschlossen sagte sie: »Mama, Dilara hat meine Hausaufgaben aus Versehen eingepackt. Ich fahr' zu ihr hin und mach' die Aufgaben dann auch gleich da, okay?«

Suchins Mutter kam mit Hanno auf dem Arm in den Flur und sagte auf Thailändisch: »Bleib' nicht lange weg. Ich muss noch einkaufen gehen und möchte Hanno bei dem Regen nicht mitnehmen. Und Harald kommt heute erst spät nach Hause. Also musst du dann auf Hanno aufpassen. Wann bist du wieder da?«

Suchin antwortete ausweichend: »Ich weiß nicht. Kommt darauf an, wie schnell ich mit den Hausaufgaben fertig bin.«

»Sei bitte in zwei Stunden wieder da, Cookie. Und wenn du bis dahin nicht fertig geworden bist, machst du den Rest eben hier, während du auf deinen Bruder aufpasst.«

Suchin wollte nicht länger diskutieren. Sie wollte jetzt einfach nur weg. »Okay«, sagte sie also nur und schlüpfte schnell durch die Tür, bevor ihre Mutter noch irgendetwas anderes sagen konnte. Das mit Dilara und den Hausaufgaben war gelogen gewesen. Aber Schule war nun einmal das Einzige, das Harald und ihre Mutter im Moment noch gelten ließen. Draußen angekommen, atmete Suchin tief die kalte, feuchte Luft ein. Sie streckte ihr Gesicht dem Himmel entgegen, schloss die Augen und genoss die eiskalten, feinen Regentröpfchen auf ihrer Haut.

Dann fiel ihr ein, dass ihre Mutter sie vom Fenster aus sehen konnte. Also ging sie schnell außer Sichtweite der Wohnung und zog ihr Smartphone aus der Tasche. Sie hatte Sehnsucht nach Denis. Hoffentlich hatte er Zeit.

Nur eine Viertelstunde später stand Suchin vor Denis' Haustür. Er hatte gesagt, dass sie alleine sein würden, weil seine Eltern noch unterwegs wären. Sonst hätte sie sich vielleicht gar nicht getraut vorbeizukommen. Sie hatte mit ihrer eigenen Mutter und Harald schon mehr als genug Probleme, da konnte sie auf Bekanntschaften mit fremden Eltern gerne verzichten. Aber auch ohne Denis' Eltern fühlte sie sich ganz schön eingeschüchtert. Das Haus war weiß und riesig, mit glänzend blauen Dachschindeln und Säulen rechts und links von der Eingangstür. Wow, das war ja ein Palast! Suchin schluckte und drückte zögernd den Klingelknopf. Kurz darauf schwang die Tür auf und Denis strahlte sie an.

»K-kommen sie rein, schöne Frau«, sagte er und machte die Tür mit einer Verbeugung weit auf.

»Du hast mir nicht erzählt, dass du reich bist«, sagte Suchin zugleich unsicher und vorwurfsvoll und gab ihm beim Eintreten einen leichten Schubs.

»Ich bin auch nicht reich«, sagte Denis mit Trauermiene, »ich bin ganz arm.« Doch dann stahl sich ein Grinsen in sein Gesicht. »Nur meine Eltern haben Geld.«

»Blödmann«, sagte Suchin in einem zärtlichen Ton, der gar nicht zu der Beleidigung passte.

»S-selber Blödmann«, antwortete Denis leise und zog Suchin zu sich heran, um ihr einen Kuss zu geben. Bisher hatten sie sich nur ein paar Mal geküsst und dann eher kurz und flüchtig. Diesmal war es anders. Sie waren weder auf dem Schulhof, umringt von ihren Klassenkameraden, noch irgendwo auf der Straße, wo ständig Passanten an ihnen vorbeiliefen. In diesem Moment waren sie das erste Mal wirklich ganz für sich. Nur Denis und Suchin. Niemand sonst. Das war ihnen bisher gar nicht aufgefallen. Doch als sie sich jetzt voneinander lösten und sich in die Augen schauten, wurde es ihnen zur gleichen Zeit schlagartig bewusst. Langsam und vorsichtig neigten sie ihre Gesichter wieder zueinander und küssten sich noch einmal. In Suchins Bauch machten sich hektisch flatternd die Kolibris bemerkbar und sie fühlte plötzlich nur noch Denis' Lippen auf ihren, sonst nichts. Alles andere, wie ihre Familie, die Schule oder der protzig große Eingangsbereich, in dem sie standen, wurde auf einmal vollkommen unwichtig, verblasste irgendwie. Es war, als gäbe es in diesem Moment nur noch sie beide auf der Welt. Der Kuss wurde inniger und ihre Lippen öffneten sich leicht. Wie von selbst schlang Suchin ihre Arme um Denis' Nacken und er zog sie noch enger an sich heran. Suchin spürte ganz zart Denis' Zungenspitze an ihren Lippen und ein Kribbeln lief durch ihren Körper von den Zehenspitzen bis hin zu den Haarwurzeln. Es fühlte sich an, als würden ihre Sinne gleich explodieren, so intensiv nahm sie alles wahr. Wie er schmeckte und roch und wie er sich anfühlte, an ihrem Körper, an ihrem Mund, an ihren Händen. Es war aufregend und wunderschön. Gleichzeitig erschreckte Suchin das heftige Gefühl, das der Kuss in ihr auslöste. Auf einmal war es ihr zu viel und sie machte sich sanft von ihm los. Als Denis sie fragend anschaute, lächelte sie ihn verlegen an und sagte: »Jetzt möchte ich dein Zimmer sehen.«

Denis seufzte auf. »Wenn es unbedingt sein muss, mein süßes Kekschen. E-es ist aber nicht aufgeräumt.«

»Egal. Es muss sein«, antwortete Suchin entschieden.

Kurze Zeit später saßen sie nebeneinander auf Denis' Bett, in einem Zimmer, dessen Fußboden man vor herumliegenden Klamotten, Büchern und Zeitschriften kaum erkennen konnte. Suchin hatte sich fest in Denis' Arm gekuschelt und erzählte ihm von Hanno und davon, wie Harald und ihre Mutter ihr auf die Nerven gingen.

Da unterbrach sie Denis auf einmal: »Hey, weißt du was? D-du hast mir immer noch keinen Spitznamen gegeben. A-außer Blödmann und Nase natürlich.«

Suchin blickte Denis grinsend an. »Ich hab' einen. Schon die ganze Zeit. Aber du hast ja nie gefragt.«

Denis sah Suchin neugierig an. Die machte jedoch nicht die geringsten Anstalten, ihm etwas zu verraten.

»Na warte«, sagte er und fing an sie zu kitzeln, bis sie vor Lachen kaum noch Luft bekam. »Los, jetzt sag' schon. Und wehe es ist nicht der abgefahrenste, beste, genialste N-name überhaupt, dann …«

»Nein«, japste Suchin. »Bitte nicht mehr kitzeln. Ich sag's ja schon.« Sie machte eine kurze Pause, um wieder zu Luft zu kommen und sagte: »Djom. Ich nenne dich Djom.«

Denis guckte sie verständnislos an. »W-was soll das denn für ein Spitzname sein?«

Suchin sah ihn schüchtern an und antwortete: »Das ist thailändisch. Auf Deutsch heißt das … Ich glaube, das heißt Gipfel oder Spitze vom Berg. Höher geht nicht.«

»Hm«, Denis runzelte die Stirn und machte den Anschein, als dächte er angestrengt nach. »Okay«, sagte er schließlich huldvoll. »Damit kann ich leben, Kekschen.«

Denis und Suchin blieben eng aneinander gekuschelt auf dem Bett liegen, redeten über alles Mögliche und alberten herum. Irgendwann fiel Suchin dann ganz plötzlich ein, dass ihre Mutter ihr nur zwei Stunden Ausgang erlaubt hatte. Mit einem unguten Gefühl zog sie ihr Smartphone aus der Tasche, schaute auf das Display und gab einen erstickten Schrei von sich. Sie hätte schon vor anderthalb Stunden zu Hause sein müssen. Ihre Mutter hatte sie bereits ganze sechs Mal angerufen. Warum hatte sie das nicht gehört? Irgendwie hatte sie wohl aus Versehen den Lautstärkeknopf gedrückt und den Klingelton ganz leise gestellt. Hektisch sprang Suchin auf und machte sich in Windeseile auf den Heimweg.

Als sie zu Hause ankam, war Harald schon von der Arbeit zurück und passte auf Hanno auf. Ihre Mutter war schnell losgegangen, um noch vor dem Abendessen die Einkäufe zu erledigen. Es gab riesigen Ärger. Weil Suchin nicht an ihr Smartphone gegangen war, hatte Harald bei Dilara zu Hause angerufen, wo sie natürlich auch nicht gewesen war. Also gab es nicht nur Krach wegen der Verspätung, sondern auch, weil Suchin gelogen hatte.

»Du hast zwei Wochen Hausarrest, Fräulein. Außer zur Schule gehst du nirgendwohin. Und wenn du von da auch nur eine halbe Stunde zu spät nach Hause kommst, verlängert sich der Hausarrest um eine weitere Woche.«

Suchin starrte Harald mit unbewegtem Gesicht an und zuckte trotzig mit den Schultern. Das machte ihn aber nur noch wütender. »Und weil du nicht an dein Smartphone gehst, wenn wir versuchen, dich zu erreichen und die Dinger sowieso ungesund sind und blöd machen, werden wir auch das einkassieren. Für die gleiche Zeit.« Er streckte seine Hand aus und sah Suchin auffordernd an.

Suchin schüttelte den Kopf.

»Was soll das heißen? Wenn ich sage, du gibst mir dein Smartphone, dann gibst du es mir gefälligst.«

Suchin blickte Harald böse an und sagte: »Nein! Das ist mein Smartphone. Du hast es mir geschenkt. Und dass ihr mich einsperrt und ich hier alles machen muss, ist schlimm genug. Mein Smartphone brauche ich. Das gebe ich dir nicht.« Dann drehte sie sich um und rannte in ihr Zimmer.

»Suchin!«, rief Harald hinter ihr her. »Das Thema ist noch nicht beendet!«

Als ihre Mutter vom Einkaufen wiederkam, sprach sie kurz mit Harald, stürmte dann in Suchins Zimmer und riss ihr kurzerhand das Smartphone aus der Hand. Dabei überschüttete sie Suchin auf Thailändisch mit Vorwürfen. Wie enttäuscht sie von ihr sei. Dass Suchin sich respektlos und ehrlos verhalten hätte. Dass sie egoistisch und verwöhnt sei und noch vieles mehr. Die Zimmertür stand halb offen und Suchin sah Harald mit verschränkten Armen im Flur stehen und schadenfroh grinsen. Da pressten sich ihre Lippen fest aufeinander und ihre Augen verengten sich zu schmalen Schlitzen. Sie hatte das Gefühl, als fiele in ihr ein schwarzer, undurchdringlicher Vorhang rauschend hinunter. Sie war auf der einen Seite und Harald und ihre Mutter auf der anderen, so als gäbe es keine Verbindung mehr. Sie war so mit Wut angefüllt, dass sie kaum noch atmen konnte. Also beschloss sie, Harald und ihre Mutter zu bestrafen. Dazu fiel ihr jedoch nur ein einziges Mittel ein: Nichts sollten sie mehr von ihr erfahren. Sie würde sie vollkommen aus ihrem Leben ausschließen. Geschiedene Leute sind wir ab jetzt, dachte Suchin. Die gehören nicht mehr zu meiner Familie. Nie wieder!

Suchin sagte von nun an kaum noch ein Wort und blickte meist feindselig vor sich hin. Einzig Hanno gegenüber benahm sie sich unverändert. Wenn sie ihn ansah, wurde ihr Gesicht auf einmal wieder ganz weich. Für sie war ihr winziger Bruder ihr Verbündeter im Feindesland. Ganz ohne Smartphone und mit ihren Freunden auf die wenigen Pausen in der Schule beschränkt, erzählte sie ihm während des Hausarrests von all ihren Sorgen, Gedanken,

Träumen und Wünschen. Dass sie gerne mal eine berühmte Künstlerin werden würde zum Beispiel. Dass es mit Sicherheit keinen tolleren Jungen auf der Welt gab als Denis und dass Marta und Dilara wie Schwestern für sie waren. Dass die Schule fürchterlich war und diese Frau Gerstenkorn so schlimm wie die böse Hexe aus dem Märchen.

Nachdem Suchin ihr Smartphone und ihre Freiheit endlich wiederhatte, verabredete sie sich gleich am ersten Freitag mit Denis, Dilara, Marta und vielen anderen mehr zu einem Weihnachtsmarktbesuch, um das Ende der Strafe zu feiern. Die zwei Wochen Hausarrest waren ihr wie eine Ewigkeit erschienen. Ausgelassen herumalbernd betraten sie den Marktplatz und Suchin sah sich zufrieden um. Seit ihrem ersten Weihnachtsfest in Deutschland liebte sie Weihnachtsmärkte. Ein Winter ohne Weihnachtsmarkt war für sie überhaupt kein richtiger Winter. Suchin freute sich daher wahnsinnig, auch wenn dieses Jahr kein Schnee lag. In den kahlen Bäumen hingen unzählige glitzernde Lichterketten. Es roch nach gebrannten Mandeln und Glühwein, und von einem kleinen Karussell tönte weihnachtliche Musik herüber. Suchin schmiegte sich abwechselnd dicht an Denis oder hakte sich bei Dilara und Marta unter. Es war so schön, dass sie hätte schreien können vor Glück.

An einem Mützenstand probierten sie lachend die seltsamsten Mützen auf, die sie entdecken konnten, bis die Verkäuferin sie ärgerlich verscheuchen wollte.

»M-moment.« Denis zückte sein Portemonnaie »Ich nehme diese da.« Er zeigte auf eine regenbogenfarbene Kopfbedeckung aus Filz mit mehreren langen Tentakeln und dicken, bunten Kugeln an den Enden. Denis bezahlte die Mütze und setzte sie auf, ohne die geringste Miene zu verziehen. Suchin konnte sich vor Lachen kaum noch halten. Denis sah sie grinsend an, bot ihr seinen Arm an und sagte: »Meine Dame.«

Suchin hakte sich vergnügt ein und stolzierte gemeinsam mit ihm über den Markt, im Gefolge ihre gackernden und feixenden Freunde. Um sie her drehten sich die Leute nach ihnen um. Einige lächelten oder lachten sogar, andere schüttelten missbilligend den Kopf. Suchin war das egal. Sie fühlte sich, als könnte nichts ihr etwas anhaben. Sie war stark und stolz und glücklich.

Als sie kurze Zeit später haltmachten, um einen heißen Kinderpunsch zu trinken, stellte sich Suchin auf die Zehenspitzen und flüsterte Denis ins Ohr: »Djom, Djom, Djom!« Dann gab sie ihm einen zarten Kuss auf die Wange und sah ihm lächelnd in die Augen.

Denis erwiderte ihren Blick und sagte so leise, dass nur sie es hören konnte: »Ich bin so glücklich, dass du mit mir zusammen bist, dass ich platzen könnte, Kekschen.«

Suchins Knie wurden ganz weich und erschreckt merkte sie, wie ihre Augen feucht wurden. Wie peinlich, sie konnte hier doch jetzt nicht losheulen. Schnell legte sie ihre Arme um ihn und drückte ihr Gesicht fest an seine Schulter. Kurz darauf merkte sie, wie Denis ihr sanft in das Ohrläppchen biss und spürte, wie sich über ihren ganzen Körper eine Gänsehaut ausbreitete.

»Lass' mich dein Krümelmonster sein«, flüsterte er ihr mit rauer Stimme ins Ohr und biss noch einmal etwas fester zu.

Suchin quiekte auf, zuckte zurück und gab ihm in gespielter Entrüstung einen Klaps auf die Finger. »Ich weiß ja nicht, wer dieses Krümelmonster sein soll, aber so ein Verhalten kann ich nicht dulden, junger Mann«, imitierte sie den typischen Tonfall von Frau Gerstenkorn.

Denis lachte und zog sie erneut in seine Arme. Während er sie fest umschlungen hielt, fischte er umständlich sein Smartphone aus der Tasche. Er tippte kurz darauf herum und hielt es Suchin schließlich mit einem belustigten, aber zugleich auch ernsten und etwas ängstlichen Gesichtsausdruck vor die Nase. Irritiert betrachtete Suchin das Display, auf dem eine blaue, zottelige Stoffpuppe zu sehen war.

Nach einem kurzen Zögern drückte Denis auf Play und auf einmal hörte Suchin eine tiefe und kratzige Stimme sagen: »Ich LIEBE Kekse.« Daraufhin schüttete sich das Monster einen ganzen Teller mit Keksen in sein Maul und kaute darauf derart begeistert herum, dass die Krümel nur so durch die Gegend flogen. Schlagartig schoss Suchin die Röte ins Gesicht und der Kolibrischwarm in ihrem Bauch rastete förmlich aus. Sprachlos starrte sie ihn an. Hatte er ihr gerade gesagt, dass er sie liebte? Sekundenlang schaute sie ihm überwältigt in die Augen, bis sie impulsiv ihre Arme um ihn schlang und einen langen Kuss auf seine Lippen presste.

Etwas später unterhielt sie sich mit Dilara und Marta, eine Tasse mit heißem Kinderpunsch in der Hand.

»Ihr glaubt nicht, was er eben zu mir gesagt hat!«

»Dass er es bereut, die hässliche Mütze gekauft zu haben?«, fragte Dilara grinsend.

»Oder dass er sie ab jetzt jeden Tag tragen wird?«, stieg Marta darauf ein.

»Nein.« Suchin musste lachen und fragte verträumt: »Ist er nicht lustig?«

»Ja, er ist ganz toll, Cookie. Der Hammertyp überhaupt. Wenn ich nich' schon versprochen wäre, würd' ich ihn dir glatt ausspannen, ey.« Dilara verdrehte die Augen.

Marta stupste Dilara sanft in die Seite und sagte: »Er scheint wirklich ein netter Kerl zu sein, Cookie. Wir freuen uns ehrlich für dich.«

Aber Suchin hörte kaum auf das, was Marta sagte. Stattdessen starrte sie Dilara an. »Was hast du gerade gesagt? Du bist versprochen? Was soll denn das jetzt wieder heißen?«

Dilara zuckte mit den Schultern. »Na, was soll das schon heißen, ey? Ich bin schon vergeben. Wenn ich erwachsen bin, dann heirate ich den türkischen Mann, den meine Eltern für mich ausgesucht haben und fertig.«

Eine Weile schwiegen die Freundinnen. Marta und Suchin wechselten einen bestürzten Blick und Marta fragte schließlich: »Und was ist mit Liebe und Karriere und so?«

Dilara zog die Augenbrauen hoch und antwortete dann abschätzig: »Ach, wisst ihr, ich glaub', ich bin eh nich' so der Typ für Liebe und so'n Kram. Eigentlich sind mir Jungs ziemlich egal. Meine Eltern suchen mir ganz bestimmt einen vernünftigen Kerl aus und dann muss ich mir auch keine Sorgen um Geld und Wohnung und so machen.«

»Ja, aber«, Suchin stotterte fast, »ich dachte, du lässt dir von niemandem was sagen?«

Dilara schnaubte, sah ihre Freundinnen mit gerunzelter Stirn an und sagte dann ärgerlich: »Ey, Leute. Was glaubt ihr eigentlich?!« Sie machte eine kurze Pause und fuhr dann kopfschüttelnd fort: »Meine Eltern sind gläubige Muslime. Das wisst ihr doch. Dass ich ohne Kopftuch herumlaufen und so viel Zeit mit euch verbringen darf, ist echt schon ein kleines Wunder. Das erlauben sie mir nur, weil sie nicht ganz so extrem drauf sind und weil sie wissen, dass ich nach dem Schulabschluss sofort in ehrbare Verhältnisse eintrete. Und dass ich nicht vorher meine Familie entehre, darauf passt mein nerviger Bruder schon auf. Der hat mich ständig mit seinen Adleraugen im Blick, oder wie das heißt.« Dilara grinste. »Ihr hättet mal dabei sein sollen, als er mich mit einer Zigarette erwischt hat, Leute. Mann, ey. Hätte ich nicht sofort aufgehört damit, wär' Schluss mit unseren Verabredungen gewesen. Die wollten mich sogar schon von der Schule nehmen.« Dilara schaute ihre Freundinnen mit einem spöttisch hochgezogenen Mundwinkel an. »Ist euch das wirklich noch nie aufgefallen, dass immer der gleiche türkische Typ in unserer Nähe auftaucht?«

»Aber, aber … die können dich doch nicht zwingen, einen fremden Mann zu heiraten«, flüsterte Marta tonlos.

Dilara setzte einen etwas mitleidigen Gesichtsausdruck auf. »Marta, du lebst echt in einer Ponyhof-Welt, Mann. Familien können alles, ey. Und mal ganz davon abgesehen, werde ich nicht gezwungen oder so. Das ist einfach nur eine arrangierte Ehe. Meine Eltern wurden damals auch so verheiratet. Ist doch nichts dabei. Macht nicht so'n Drama draus, Chicas. Mann, ey, das ist eben Tradition.«

Marta und Suchin starrten Dilara geschockt an. Nach einigen Sekunden Stille legte schließlich Suchin ihre Hand auf Dilaras Schulter und sah sie besorgt und liebevoll an. »Lara, ich hatte ja keine Ahnung«, sagte sie leise.

Dilara antwortete nicht, sondern zuckte nur mit den Schultern. Der spöttische Blick war aus ihrem Gesicht verschwunden. Dann zog sie die beiden Freundinnen fest an sich heran und flüsterte: »Ich hab' euch lieb, ey.«

Den Rest des Abends blieb Suchin still und nachdenklich. Dilara war ihr mal wieder ein Rätsel. Und noch zu Hause im Bett konnte sie vor lauter Grübeln lange nicht einschlafen. Also, wenn ich mal Kinder habe, dachte sie, dann behandle ich die bestimmt nicht so. Ich mach' dann alles anders als Mama und Harald und als Dilaras Eltern sowieso. Doch dann kam Suchin ein erschreckender Gedanke: Was, wenn die das auch mal gedacht hatten und trotzdem nichts besser geworden war?

15. Hannos erstes Weihnachtsfest

Es war der Morgen des vierundzwanzigsten Dezembers, Heiligabend. Noch immer lag kein Schnee. Aber der Himmel war klar und leuchtete in einem hellen Blau. Und als wüsste auch die Natur, dass heute ein besonderer Tag war, brachte die Wintersonne die frostige Welt nur so zum Funkeln und Glitzern.

Suchin war noch immer wütend auf Harald und ihre Mutter. Doch es war Hannos erstes Weihnachtsfest und sie wollte es ihm nicht verderben. Deshalb beschloss sie, für diesen einen Tag über ihren Schatten zu springen und zu allen nett zu sein. Es war Suchins erstes Weihnachtsfest in Deutschland, bei dem auch ihre Mutter dabei war. Und so komisch sie selbst den Gedanken fand, aber mit Harald alleine hätte sie es schöner gefunden. Sie erinnerte sich mit einem Hauch von Wehmut und Bitterkeit an das erste gemeinsame Weihnachtsfest, an Haralds gute Laune, sein hübsches Geschenk und das gute Essen. Heute war alles anders. Harald hatte zwar wieder einen kleinen Baum aufgestellt und geschmückt, aber es war nicht der Geruch von Rotkohl und gebratener Gans, der durch die Wohnung zog, sondern der von thailändischem Essen. Und statt weihnachtlicher Musik hörte man ihre Mutter: »Chaatz, tink nich' so viel« oder »Cookie, guck' ma na dei Buder.«

Suchin fand, dass Gänsebraten mit Knödeln viel besser zu Weihnachten passte und der Kommandoton ihrer Mutter ging ihr auf die Nerven. Irgendwie kam so gar keine Weihnachtsstimmung auf. Immerhin hatte sie dieses Jahr für alle ein Geschenk, obwohl es ihr wegen ihrer Wut auf Harald und ihre Mutter gar nicht leichtgefallen war, etwas für sie zu besorgen. Das merkte man den Geschenken auch an. Für Harald hatte sie ein Zippo-Feuerzeug mit einem eingravierten Schweinchen gekauft. Harald wusste ja nichts von seinem Spitznamen und würde sicherlich denken, es sei ein Glückssymbol. Aber Suchin wusste, was es bedeutete. Und das verschaffte ihr eine enorme Genugtuung. Ihre Mutter bekam ein Fläschchen Parfum. Allerdings hatte Suchin einen Duft genommen, der mehr stank als duftete. Wenn sich ihre Mutter immer auf die Seite von *dem Schwein* stellen musste, dann sollte sie auch so riechen. Das hatte sie davon! Aber zumindest das Geschenk für Hanno hatte Suchin liebevoll ausgesucht. Auf dem Weihnachtsmarkt hatte sie an einem Stand für handgefertigtes Holzspielzeug ewig gebraucht, um sich am Ende für einen flachen, weich geschliffenen Vogel aus Holz zu entscheiden, in dessen Mitte man Holzperlen hin und her schieben konnte.

Vor dem Essen fand die Bescherung statt. Hanno lag eigentlich nur herum. Trotzdem drehte sich alles um ihn. Ein kleiner Haufen Geschenke lag für ihn bereit, und sie packten Stück für Stück für ihn aus, wedelten ihm mit dem jeweiligen Geschenk vor der Nase herum und erzählten ihm, wie toll das war, was er da bekommen hatte. Sie waren alle so auf Hanno konzentriert, dass sie fast vergaßen, sich gegenseitig zu bescheren. Erst als das Essen schon vorbei war, tauschten sie schnell und sachlich die Geschenke aus. Suchin bekam wieder einen Gutschein für das Einkaufs-zentrum, der allerdings sehr viel geringer als zu ihrem Geburtstag ausfiel. Mit einem leichten Stich in der Herz-gegend erinnerte sie sich an die Kette, die Harald ihr vor zwei Jahren geschenkt hatte. Und auf einmal wurde ihr bewusst, dass sie damals gar kein Geschenk von ihrer Mutter bekommen hatte. Es stach noch einmal etwas heftiger in ihrer Brust.

An den nächsten beiden Weihnachtstagen besuchten sie Haralds Familie und die Freunde, mit denen sie vor zwei Jahren Silvester gefeiert hatten. Erst am dritten Tag nach Heiligabend bekam Suchin die Erlaubnis, sich mit ihren Freunden zu treffen.

Suchin hatte sich mit Denis im Café Luigi verabredet. Es war kalt draußen. Die Außentische waren für den Winter eingelagert und die Passanten strömten unaufhörlich am Café vorbei. »U-umtauschtag«, sagte Denis statt einer Begrüßung und zeigte auf die vielen Menschen auf der Straße. »Heute werden die Geschenke getauscht, die nicht gefallen, passen oder was auch immer.« Er schüttelte leicht den Kopf und lächelte Suchin an. »Gehen wir rein?«

Suchin nickte und setzte sich kurz darauf mit ihm an einen kleinen Tisch in der Ecke. Sie bestellten sich beide eine große heiße Schokolade mit Sahnehaube und erzählten sich von ihren Weihnachtsfesten. Suchin hielt sich dabei zurück. Sie wollte die Zeit mit Denis genießen und nicht mit einem Gespräch über Harald, ihre Mutter und ihr komisches Verhältnis zu ihnen die Stimmung verderben.

Irgendwann, als der Kakao schon fast ausgetrunken war, lächelte Suchin Denis schelmisch an und sagte: »Wenn du ein braver Junge warst, dann habe ich auch noch ein Geschenk für dich.«

Denis grinste Suchin breit an und sagte mit Unschuldsmiene: »I-ich bin immer sehr brav. Außerordentlich b-brav.« Dann schloss er die Augen und spitzte die Lippen. Aber statt eines Kusses bekam Denis mit einer eingepackten Papierrolle einen leichten Schlag auf den Kopf.

»Hey!«, reagierte er empört.

Suchin lachte ihm fröhlich ins Gesicht und hielt ihm die Rolle hin. Sie war in ein Geschenkpapier eingewickelt, auf dem lauter Kekse in Herzform zu sehen waren. Denis schmunzelte und begann vorsichtig die Verpackung zu lösen. Suchin beobachtete ihn dabei mit einem angespannten Lächeln. Schließlich entrollte Denis das Papier und bekam vor Überraschung große Augen.

Suchin hatte mit Bleistift und Aquarellfarben ein Bild für Denis gemalt. Die Vorlage dafür war ein Foto gewesen, das Marta bei dem Weihnachtsmarktbesuch gemacht hatte. Im Mittelpunkt des Bildes sah man Suchin und Denis mit der bunt leuchtenden Weihnachtsmarktmütze auf dem Kopf. Die anderen Menschen und die Buden im Hintergrund waren nur schemenhaft angedeutet. Suchin war bei Denis eingehakt und sah mit einem unverhohlen verliebten Gesichtsausdruck zu ihm auf. Und unten an den Bildrand hatte Suchin geschrieben: »*Ich dich auch.*« Dahinter hatte sie das Krümelmonster gezeichnet. Denis schwieg lange, bevor er fragte: »D-das hast du gemalt, Kekschen?«

Suchin nickte unsicher. Sie wusste nicht, wie sie seine Reaktion auffassen sollte.

»Das ist ... das ist einfach nur wow! Danke.« Denis strahlte sie an, legte seine Hände auf ihre Wangen und küsste sie lange und zärtlich auf den Mund. Danach kramte er in der Jackentasche und sagte: »I-ich habe auch was für dich!« Er schob Suchin ein winziges Geschenktütchen hin, wie man es im Schmuckladen bekam.

Suchin hatte gar nicht damit gerechnet, von ihm etwas geschenkt zu bekommen und war ehrlich überrascht. Zögernd und mit Herzklopfen sah sie in die Tüte und fand darin ein kleines Kästchen. Mit leicht zitternden Fingern öffnete sie es und blickte auf eine silberne Kette mit einem runden Anhänger, auf dem das Krümelmonster eingraviert war. Suchin musste lachen und merkte gleichzeitig, wie ihr die Tränen in die Augen stiegen. Sie holte tief Luft. Langsam atmete sie wieder aus und nahm die Kette aus dem Kästchen. »D-dreh mal um«, sagte Denis, der sich diebisch über Suchins überwältigtes Gesicht zu freuen schien.

Suchin blickte auf die Rückseite des Anhängers und las mit leiser Stimme: »D + S = ♡ 4ever«. Das war zu viel für Suchin. Sie schluchzte einmal laut auf, sprang vor lauter Scham darüber schnell von ihrem Platz und lief aus dem Café hinaus. Denis blieb einen Augenblick lang wie vom Blitz getroffen sitzen und ging ihr dann hinterher. Er fand sie draußen direkt vor der Tür.

»Hey, w-was ist denn los? Ich wollte dir doch eine Freude machen und dich nicht zum Weinen bringen.«

Suchin hatte sich in der kalten Luft schon wieder etwas beruhigt und lächelte Denis jetzt unglücklich an. »Es tut mir leid, dass ich eben einfach so weggerannt bin. Weißt du, es ist nur ... Es ist ... Du bist einfach so toll und lieb. Das macht mich total fertig.«

Denis grinste erleichtert und zog sie in seine Arme. »Was soll ich denn sagen? Du bist nicht nur das hübscheste Mädchen, das ich je gesehen habe. Du bist auch witzig und lieb. Und jetzt kannst du auch noch besser malen als Picasso. Also, d-das finde ich viel, viel mehr zum Heulen als so eine armselige Kette.«

Suchin gab Denis sanft einen liebevollen Schubs. »Die schönste Kette der Welt«, sagte sie, legte ihre Arme um seinen Hals und drückte ihm einen innigen Kuss auf seine Lippen. »Danke.«

Dann gingen beide wieder ins Café hinein und bestellten sich noch eine heiße Schokolade.

16. Notfall in Thailand

Es war Ende Februar. Grauer Schneematsch lag in den Straßen und von den kahlen Ästen der Bäume fielen in regelmäßigen Abständen dicke, eiskalte Tropfen auf den Gehsteig. Suchin stapfte lustlos nach Hause. Sie hatte keinen guten Schultag gehabt. Denis war schon seit über einer Woche krank, Dilara war heute irgendwie zickig gewesen und die Gerstenkorn hatte sie mal wieder auf dem Kieker gehabt. Die hatte einfach keinen Humor und machte aus jeder Kleinigkeit gleich ein Drama.

»Ich werde Frau Knieselbeek über dein unverschämtes Verhalten informieren, Suchin. Du kannst dich schon einmal auf einen Anruf bei dir zu Hause gefasst machen.« So hatte sie ihr heute gedroht.

Dabei hatte Suchin gar nichts gemacht. Sie hatte nur ein paar Mal Frau Gerstenkorns Ausführungen kommentiert. Dass ihre Klassenkameraden das lustig fanden und lachten, dafür konnte sie doch nichts. Nur Dilara hatte nicht mitgelacht, sondern ihr stattdessen so ein türkisches Sprichwort an den Kopf geworfen: »Köprüyü gecene kadar ayiya dayi derler.« Kurz danach hatte sie auf Deutsch übersetzt: »Bis man über die Brücke ist, muss man zum Bären Onkel sagen, Mann. Reiß dich mal zusammen, ey! Du bist voll fies zur Gerstenkorn und die entscheidet über deine Noten und deine Versetzung. Da kannst du dich nicht so benehmen, wie du willst, sondern musst mal freundlicher sein.«

Es war also kein Wunder, dass Suchin keine besondere Lust hatte, schnell nach Hause zu kommen und deswegen zu Fuß ging. Sie wusste ja nicht, ob die Direktorin schon angerufen hatte. Dann würde sie zu Hause wieder einen Vortrag darüber zu hören kriegen, wie wichtig die Schule sei, dass sie sich zu benehmen habe, dass sie an ihre Zukunft denken solle und so weiter. Suchin verdrehte genervt die Augen und ging so langsam nach Hause, wie sie konnte. Dort kam es aber ganz anders, als sie gedacht hatte. Schon als sie die Wohnung betrat, spürte sie eine aufgeregte Stimmung in der Luft liegen. Sie dachte zuerst, es läge an dem Anruf von der Schule, und wollte gleich anfangen sich zu rechtfertigen, als sie ihre Mutter sah. Doch die schaute sie mit einem eher hektischen als wütenden oder vorwurfsvollen Blick an und kam ihr beim Sprechen zuvor.

»Meine Mutter ist krank«, sagte sie auf Thailändisch. »Ich werde morgen oder übermorgen nach Thailand fliegen und mich um sie kümmern, bis es ihr wieder besser geht.«

Suchin dachte, sie hätte nicht richtig gehört. »W-was?«, fragte sie. »Und was ist mit Hanno?«

Ihre Mutter guckte sie verständnislos an. Sie war in Gedanken schon längst dabei, ihre Koffer zu packen. »Was soll mit Hanno sein? Der bleibt natürlich hier. Ich kann doch kein Baby mit zu einer alten, kranken Frau nehmen. Ich fliege alleine. Du stellst Fragen, Cookie.«

»Ja, aber«, Suchins Gedanken rasten und ihr Herz klopfte bis zum Hals. Ihre Mutter ließ sie schon wieder zurück. Sie konnte es nicht glauben. Warum nahm ihre Mutter sie nicht mit? Dann würde sie wenigstens mal ihre zweite Großmutter kennenlernen. Suchin spürte, wie sie anfing, am ganzen Körper zu zittern. Vielleicht ließ ihre Mutter sich ja doch ein Mal, ein einziges Mal, umstimmen. Kleinlaut und mit flehendem Unterton fragte sie: »Wer soll sich denn um

Hanno kümmern? Und was ist mit mir? Kann ich nicht mitkommen? Ich könnte dir helfen.«

Ihre Mutter zog ärgerlich die Augenbrauen zusammen. »Nein, Cookie. Hanno bleibt hier, weil es zu gefährlich wäre, ihn mitzunehmen. Außerdem kann ich mich nicht gleichzeitig um ein Baby und um eine kranke Frau kümmern. Du bleibst hier, weil du in die Schule gehen musst. Außerdem wirst du hier gebraucht. Du und Harald, ihr müsst euch jetzt um Hanno kümmern. Ich weiß nicht, wie lange ich weg sein werde. Vielleicht werden es ein paar Monate. Deswegen ist es umso wichtiger, dass ich mich hier auf dich verlassen kann.«

Suchins Mutter blickte ihr ernst und prüfend ins Gesicht und fragte dann streng: »Hast du mich verstanden, Cookie?«

Suchin nickte langsam und wie betäubt und ging dann in Hannos Zimmer. Dort lag Hanno in seinem Gitterbettchen und brabbelte zufrieden vor sich hin. Suchin beugte sich über ihn, sah ihm eine Weile dabei zu, wie er begeistert Spuckebläschen produzierte, und nahm ihn dann aus dem Bett. Sie drückte ihn fest an sich und setzte sich mit ihm auf den Boden.

»Mein kleiner Hanno. Jetzt wirst auch du zurückgelassen. Ein so süßes Baby wie du. Es ist kaum zu glauben.«

Suchin schnitt einige Grimassen. Hanno gab glucksende Geräusche von sich und strahlte sie glücklich an. Suchin seufzte. »Keine Angst, kleiner Bruder. Ich lass' dich nicht im Stich.«

Dann legte sie Hanno zurück in sein Bettchen und ging in ihr Zimmer. Sie musste jetzt mit jemandem sprechen, der sie verstehen würde. Am liebsten hätte sie Denis angerufen. Aber der lag mit Fieber im Bett und sie wollte ihn in seinem Zustand nicht mit ihren Problemen belasten. Und mit Dilara wollte sie nach ihrem kleinen Streit in der Schule heute nicht mehr sprechen. Also rief sie Marta an.

»Ach Cookie, das tut mir so leid für dich«, sagte Marta, »aber deine Mutter ist ja nicht ewig weg. Nur solange bis deine Großmutter wieder gesund ist, oder?«

»Wenigstens hat sie das gesagt«, antwortete Suchin bitter. »Trotzdem muss ich die ganze Zeit hier bei *Schweini* bleiben und mich um Hanno kümmern. Bestimmt darf ich dann gar nicht mehr raus.«

»Wir können dich doch besuchen kommen und dir mit Hanno helfen. Das kann lustig werden, meinst du nicht?«

»Ach, Marta, du bist immer so schrecklich positiv.«

»Das Leben ist eben viel schöner, wenn man das Gute an den Sachen sieht, Cookie. Du siehst immer nur das Schlechte, vor allem wenn es um deine Eltern geht. Hast du schon mal darüber nachgedacht, welchen Teil du zu der blöden Situation bei euch beiträgst? «

Suchin biss die Zähne aufeinander. Das konnte doch nicht wahr sein. Jetzt fing auch noch Marta an, auf ihr herumzuhacken. Verächtlich schnaubte sie ins Telefon.

Marta seufzte und antwortete: »Lass' den Kopf nicht hängen, Cookie. Wir sind auf jeden Fall für dich da.«

Suchin verzog das Gesicht. Sie hatte keine Lust mehr, mit Marta zu sprechen. Aber sie wollte auch nicht noch einen Streit anfangen. Also sagte sie: »Lieb, dass du mich aufmuntern willst, Marta. Aber ich muss jetzt Schluss machen. Meine Mutter ruft mich. Bestimmt soll ich ihr beim Packen helfen oder auf Hanno aufpassen. Ich melde mich morgen wieder. Kuss.«

Zwei Tage später flog Suchins Mutter nach Thailand. Und auf einmal waren Harald, Suchin und Hanno miteinander allein. Harald wirkte tagelang wie ein begossener Pudel, als begreife er nicht so recht, was passiert war. Mit einer ziemlich bösartigen Schadenfreude dachte sich Suchin: Na, das hat er sich bestimmt anders vorgestellt. Wahrscheinlich hat er sich gedacht, dass er mit einer Thai eine ewig lächelnde Frau bekommt, die alles für ihn tut und immer freundlich ist. Und stattdessen, kaum hat er sie geheiratet, sieht er sie fast nie, weil sie ständig arbeitet, um Geld nach Hause zu schicken. Sie holt ihr Kind nach, das ihn nicht leiden kann und ständig Ärger macht und dann lässt sie ihn auch noch plötzlich mit einem Säugling sitzen.

Irgendwie gönnte sie es ihm. Aber hinter dieser Schadenfreude nagte und kratzte etwas unaufhörlich an ihr. Es war eine ekelhafte, hässliche Stimme, die ihr zuflüsterte: ›Und was ist mit dir? Deine eigene Mutter hat dich erst bei deinen Großeltern abgegeben wie irgendeinen Krempel, den man nicht gebrauchen kann. Und dann ist sie einfach so weggegangen in ein anderes Land, um sich eine neue Familie zu basteln. Und als sie dich aus deinem Zuhause weggeholt hat, hat sie das nicht etwa getan, um bei dir zu sein. Nein, sie hat dich bei *dem Schwein* abgeladen und sich nur um ihre eigenen Sachen gekümmert. Und dann ist sie wieder weggegangen, ohne sich auch nur ein bisschen dafür zu interessieren, was aus dir wird. Du bist deiner eigenen Mutter doch vollkommen egal.‹

Suchin versuchte, die Stimme zu ignorieren und einfach nicht hinzuhören. Aber es gelang ihr nicht immer. Und jedes Mal, wenn sie der Stimme zuhörte, riss tief in ihr eine Wunde auf. Eine Wunde, die so weh tat, dass nur Wut half, um den Schmerz zu ertragen. Und die Probleme mit der Betreuung von Hanno, die durch die kurzfristige Abreise ihrer Mutter entstanden waren, machten sie noch wütender.

Zunächst hatte Harald keine andere Lösung gesehen, als Hanno mit zur Arbeit zu nehmen. Er hatte das Glück, ein Büro für sich alleine zu haben. Dort hatte er einen Wasserkocher und konnte Hanno seine Fläschchen zubereiten. Wickeln konnte er ihn auf seinem Schreibtisch.

»Das ist aber nur vorübergehend«, betonte Harald nach der ersten Woche. »Schließlich muss ich da arbeiten und eigentlich bin ich in der Hochschule ständig unterwegs. Da kann ich doch Hanno nicht mitschleppen. Wie sieht das denn aus. Also wenn deine Mutter länger wegbleibt, müssen wir uns etwas anderes überlegen. Ich habe mich schon einmal nach Tagesmüttern in der Gegend erkundigt.«

Suchin guckte desinteressiert an die Wand.

Harald fuhr fort: »Normalerweise nehmen die Babys erst ab einem halben Jahr. Aber vielleicht wird ja in unserer Situation eine Ausnahme gemacht. Dann müsstest du Hanno morgens vor der Schule hinbringen, nach der Schule wieder abholen und dich um ihn kümmern, bis ich nach Hause komme.«

In Suchins Gesicht kam Bewegung.

»Aha«, sagte sie schnippisch. »Ich mache Hanno also morgens fertig und bringe ihn weg. Dann kümmert sich ein fremder Mensch um ihn. Und dann hole ich ihn wieder ab und kümmere mich den Rest des Tages um ihn? Na, IHR übernehmt ja voll die Verantwortung für EUER Kind.«

Haralds Reaktion fiel sehr müde aus. Er war erschöpft und hatte keine Lust, sich zu streiten. »Ich weiß, dass wir im Moment viel von dir verlangen. Aber es geht eben nicht anders, Suchin. Ich muss arbeiten. Fändest du es besser, wenn du dich nicht um Hanno kümmern müsstest und wir dafür kein Geld mehr für die Wohnung, für Essen und auch nicht für dein Taschengeld hätten? Ich tue, was ich kann, Suchin.«

»Das reicht aber nicht«, sagte sie böse und starrte wieder an die Wand.

Da legte sich in Haralds Innerem ein Schalter um. Seine Nerven lagen blank und Suchins Feindseligkeit und Undankbarkeit kränkten ihn über die Maßen. Warum war sie so zu ihm? Er tat doch alles für sie. Sogar noch viel mehr als ihre Mutter.

Wütend entgegnete er: »Du kannst auch gerne wieder in das primitive Dorf deiner Großeltern zurückgehen, Suchin, und in der Hütte auf dem Boden schlafen. Ich brauch' diesen Streit mit dir nicht ständig. Ich spiel' hier den ganzen Tag den Vater für dich und kümmer' mich um alles. Um alles, verstehst du? Und ich hab' die Schnauze voll davon, mich als Dank dafür wie den letzten Deppen behandeln zu lassen.« Harald wurde immer lauter und brüllte zum Schluss fast: »Geh doch wieder nach Thailand zurück, wenn du es hier so schrecklich findest. Geh doch. Dann bin ich dich und dein ewiges Gemaule und Gemecker endlich los.«

Am nächsten Tag hatte Suchin extrem schlechte Laune. Die Sonne schien und es war ein herrlich milder Tag. Aber Suchin sah in der Sonne nur einen widerlichen Gasball, dessen Licht in den Augen stach. Die Luft erschien ihr unangenehm drückend, und die Menschen sahen sie alle unfreundlich an. Sowieso meinte es niemand gut mit ihr. Alle hackten nur auf ihr herum und waren ungerecht.

Und dann kam die letzte Schulstunde, Geschichte bei der furchtbaren Frau Gerstenkorn. Die kam ihr gerade recht. Nachdem sie die große, hagere Lehrerin eine Weile beobachtet hatte und jedes ihrer Worte, jeden ihrer Blicke benutzt hatte, um sich in ihre Wut und ihren Hass hineinzusteigern, meldete sie sich.

»Suchin, was ist denn?«, fragte Frau Gerstenkorn.

Suchin antwortete in einem gespielt unschuldigen Tonfall: »Frau Gerstenkorn? Weil ich die Sprache ja nicht so besonders gut kann, habe ich mal nachgeguckt, was das Wort ›Gerstenkorn‹ heißt. Ist das richtig, dass ihr Name sowas wie ›schleimiger Pickel im Auge‹ bedeutet?«

Ein Raunen und Kichern ging durch die Klasse. Frau Gerstenkorn schaute Suchin fassungslos an.

»Noch so eine Unverschämtheit und du gehst zu Frau Knieselbeek, Suchin!«

Dilara stieß Suchin mit dem Ellbogen in die Seite und flüsterte: »Spinnst du, Cookie?«

Suchin zuckte nur mit den Schultern und grinste vor sich hin. Das hatte ihr gutgetan. Aber es reichte ihr noch nicht. Gelangweilt hörte sie Frau Gerstenkorn zu, die anlässlich einer Projektwoche zum Thema Mittelalter über die Hexenverfolgung sprach und wartete auf eine Gelegenheit.

»Die Frauen, die als sogenannte Hexen gefoltert und verbrannt wurden, waren normale, unschuldige Menschen. Vielleicht kannten sie sich ein wenig mit Kräutern aus, oder sie waren besonders schön, oder hatten einfach nur rote Haare. In den schlimmsten Zeiten der Inquisition reichte bereits die Anzeige eines einzigen missgünstigen Anklägers aus, um die Frauen den furchtbaren Qualen der Folter auszusetzen und auf den Scheiterhaufen zu bringen. Und das, obwohl sie überhaupt nichts getan hatten. Seid dankbar, dass wir heute nicht mehr in solchen Zeiten leben.«

»Ach«, sagte Suchin laut, »ich kenne da so eine Hexe von Lehrerin, die würde ich schon gerne brennen sehen.«

Nachdem Suchin das gesagt hatte, herrschte absolute Stille im Klassenraum. Einige Mitschüler starrten sie entsetzt an. Die meisten musterten aber nur betreten ihre Fingernägel oder guckten sehr intensiv auf ihre Arbeitsunterlagen. Suchin merkte, dass sie zu weit gegangen war, viel zu weit. Langsam stieg in ihr eine heiße Welle der Scham und Reue auf. Doch die verdrängte sie mit allem Trotz, den sie aufbringen konnte. Ist mir doch egal, dachte sie. Ist mir doch egal, was alle von mir halten. Ist mir doch scheißegal. Am Ende ist man eh immer alleine.

Frau Gerstenkorn guckte sie mit versteinertem Gesicht an und sagte einige Augenblicke gar nichts. Dann fing ihre ganze Gestalt an zu beben und die Kontrolle über ihre Gesichtszüge schien ihr vollkommen zu entgleiten. »Raus, raus, raus mit dir, du schreckliche Person«, schrie sie mit einer hohen, schrillen Stimme. In ihren Augen standen Tränen. »Dafür fliegst du von der Schule, das sag' ich dir!«

Suchin packte mit einem hochmütigen Gesichtsausdruck ihre Sachen zusammen und verließ das Klassenzimmer, ohne jemanden auch nur noch eines Blickes zu würdigen. Nicht einmal Dilara und Denis sah sie an. Sie wollte gar nicht erst ihre entsetzten oder mitfühlenden oder vorwurfsvollen Gesichter sehen. Als sie die Klassentür hinter sich geschlossen hatte, ging sie einfach weiter. Wie es ihr Frau Gerstenkorn gesagt hatte: raus, raus, raus. Sie verließ den Flur, das Schulgebäude, den Schulhof und wanderte ziellos durch die Straßen. In ihr tobten heftige Gefühle. Angst vor dem, was kommen würde und auch vor dem, was sie getan hatte. Dazu kam eine unglaubliche Wut auf die ganze Welt, die alle vernünftigen Gedanken in ihr lähmte. Sie wusste, dass sie sich irgendwann den Konsequenzen stellen musste. Aber jetzt wollte sie einfach nur durch die Straßen gehen und sonst nichts.

Irgendwann bemerkte Suchin, dass sie vor dem Café Luigi stand. Sie ging hinein, setzte sich an den gleichen Tisch, an dem sie zu Weihnachten mit Denis gesessen hatte und bestellte sich wieder eine heiße Schokolade. Wie spät es jetzt wohl ist, fragte sie sich. Sie trug keine Uhr und hatte ihr Smartphone ausgestellt. Ob die Schule schon vorbei ist? Sollte sie vielleicht doch Denis und Dilara eine Nachricht schicken? Ach nein. Sie traute sich nicht. Die würden bestimmt sauer auf sie sein, weil sie sich in so eine Situation gebracht hatte. Oder enttäuscht von ihr, dass sie so etwas Furchtbares gesagt hatte. Alle paar Minuten trank sie ein winziges Schlückchen von dem Kakao. Solange von der Schokolade noch etwas da war, hatte sie einen Vorwand, um hier sitzen zu bleiben. Solange sie nicht ausgetrunken hatte, musste sie auch nicht nach Hause gehen. Nach Hause … pff … als wenn sie so etwas hätte. In Haralds Wohnung musste sie zurück. Dorthin, wo niemand sie haben wollte. Wo sie über die Sache mit Frau Gerstenkorn und über den drohenden Schulverweis reden musste. Trübsinnig blickte sie auf den großen Becher zwischen ihren Händen und hing ihren schwarzen Gedanken nach.

»Da ist sie ja«, hörte sie irgendwann jemanden laut sagen.

War das nicht Dilaras Stimme? Überrascht blickte sie hoch und sah Denis und Dilara zur Tür hereinkommen und auf ihren Tisch zusteuern. Aufatmend ließen sich die beiden neben sie auf die Bank fallen.

Denis legte seinen Arm um sie, zog sie zu sich heran und sagte leise: »W-wir haben uns Sorgen um dich gemacht, Kekschen.«

»Ja, ey, wir haben die halbe Stadt nach dir abgesucht, Mann. Das war unsere letzte Idee, wo du sein könntest. Warum hast du denn dein Smartphone ausgestellt, Cookie? Mensch. Einfach so wegrennen.« Sie knuffte Suchin leicht in die Seite und lächelte sie mit einem Augenzwinkern an.

»Ich … ich … ich.« Weiter kam Suchin nicht. Denis und Dilara, die außer ihr gar nichts miteinander gemeinsam hatten, hatten sich nur für sie zusammengetan und sie gesucht. Sie, die sich so alleine geglaubt hatte, die wütend auf alle gewesen war. Suchin fühlte, wie sich die große Anspannung in ihr löste. Tränen stiegen ihr in die Augen und liefen dann unaufhörlich ihre Wangen hinunter. Denis drückte sie noch etwas enger an sich. Dilara griff nach ihrer Hand und hielt sie fest. Und Suchin fühlte ein so starkes Gefühl von Zuhause, wie es ihr keine vier Wände der Welt jemals gegeben hatten.

17. Suchins fünfzehnter Geburtstag

Es war ein verregneter erster Mai. Suchin wachte schon früh am Morgen auf und schaute lange aus ihrem Fenster in die nassen, grünen Baumwipfel. Graue Wolkenberge türmten sich am Himmel zu immer neuen Formationen auf, die wieder zerfielen und vom Wind getragen weiterzogen. Heute war ihr fünfzehnter Geburtstag. Suchin guckte aus dem Fenster und dachte nach. Sie überlegte, ob sie sich ihr Leben mit fünfzehn so vorgestellt hatte, wie es jetzt war.

Ihre Mutter war noch immer in Thailand. Sie meinte aber, dass sich die Lage entspannt hätte und sie bald wieder zurückkommen könne. Harald war einfach Harald und Suchin ging ihm so viel wie möglich aus dem Weg. Und Hanno war jetzt seit einem Monat vormittags bei einer Tagesmutter untergebracht. Suchin machte ihn jeden Morgen fertig und brachte ihn hin. Und nachmittags holte sie ihn wieder ab. Sie fand es jedes Mal furchtbar, Hanno abzugeben. Er war doch noch so klein. Hanno konnte ja nicht einmal laufen oder reden. Sie fand, er sollte zu Hause bei seiner Mutter sein. Aber die war nicht da. Für Suchin fühlte sich das falsch an. Falsch, falsch, falsch. Sie fragte sich, warum die Menschen überhaupt Kinder bekamen, wenn sie sich dann gar nicht um sie kümmerten.

Wenn Suchin Hanno morgens weggebracht hatte, ging sie anschließend in die Schule. Denn weil Harald Frau Knieselbeek über die schwierige Situation zu Hause aufgeklärt hatte, hatte Suchin keinen Schulverweis bekommen, sondern war nur mit einer einwöchigen Suspendierung und einer Verwarnung bestraft worden. Das hieß, Suchin durfte sich jetzt nichts mehr erlauben. Das wusste natürlich auch Frau Gerstenkorn. Ja, Suchin kam es so vor, als würde die Lehrerin sie bei jeder Gelegenheit mit Absicht reizen und dann voller Genugtuung beobachten, wie Suchin sich auf die Lippen biss und ihre Bemerkung herunterschluckte.

Nein, dachte Suchin in ihrem Bett. Wenn ich mir überhaupt irgendwas vorgestellt habe, dann bestimmt nicht sowas. Aber dann dachte sie an Denis und an Dilara, an Marta und ihre Freunde aus der Schule und lächelte still vor sich hin. Das war etwas, wofür sie wirklich dankbar war. Familien, dachte sie und sah an die Decke. Da wird man zufällig irgendwo hineingeboren und das soll dann Familie sein. Das Zuhause, in dem man sicher ist und geliebt wird und unterstützt wird. Und wenn es das nicht ist? Suchin wandte ihren Kopf wieder zum Fenster und beobachtete, wie die Baumwipfel vom Wind hin und her geschüttelt wurden. »Wie gut, dass man sich seine Familie auch woanders suchen kann«, murmelte sie leise vor sich hin.

Es klopfte leise an ihrer Tür. Sie öffnete sich und Harald kam herein. Auf einem Arm trug er Hanno, mit der anderen Hand balancierte er einen kleinen Kuchen, in dem eine brennende Kerze steckte.

»Alles Gute zum Geburtstag, Suchin«, sagte Harald und stellte den Kuchen auf ihrem Schreibtisch ab.

Suchin lächelte, sprang aus dem Bett und nahm Harald Hanno ab. »Danke«, sagte sie und blies die Kerze aus. Hanno jauchzte und griff nach dem aufsteigenden Rauch.

Harald lachte unsicher und guckte Suchin an. Dann gab er sich einen Ruck und fragte: »So, junge Dame, wie hast du dir deinen Ehrentag heute vorgestellt? Möchtest du deine Freunde einladen oder wollen nur wir drei zusammen uns einen schönen Tag machen?«

Suchin hatte sich mit Hanno wieder auf ihr Bett gesetzt und alberte mit ihm herum. Ohne den Blick zu Harald zu heben, antwortete sie: »Ich wollte heute gar nichts Großes machen. Ich hatte gedacht, du würdest mir vielleicht etwas Geld geben, damit ich meine Freunde zum Essen einladen kann. Mehr hatte ich gar nicht vor.«

Harald antwortete zögernd: »Ja, okay, von mir aus können wir nachher mit deinen Freunden essen gehen. Wenn es nicht zu teuer wird. Wo wolltest du denn hin?«

Jetzt hob Suchin ihren Kopf und lächelte Harald geringschätzig an. »Ich meinte nicht, WIR gehen essen, sondern ICH gehe mit meinen Freunden essen.«

»Was?« Haralds Stimme schwankte zwischen Empörung und Unsicherheit.

Suchin seufzte theatralisch auf und sagte: »Das ist doch gar nicht so schwer zu verstehen. Ich würde gerne alleine mit meinen Freunden essen gehen und habe dich gefragt, ob du mir dafür Geld gibst. Schließlich habe ich ja heute Geburtstag.«

Harald sah aus, als hätte sie ihn geschlagen. Er brauchte einige Momente, bis er antwortete: »Nee, Suchin, das finde ich nicht gut. Hanno und ich sind doch deine Familie. Und seinen Geburtstag feiert man mit seiner Familie. So kenne ich das und so finde ich es richtig. Ich gebe dir doch nicht noch Geld dafür, damit du uns dann von deinem Geburtstag ausschließt.«

Suchin rollte mit den Augen. »Ach Papa, stell dich doch nicht so an. Hanno ist noch viel zu klein zum Essengehen.

Der spuckt da höchstens seinen Gläschenkram durch die Gegend. Und ich bin fünfzehn. Da geht man nicht mit seinem Vater und seinen Freunden essen. Das wäre nur peinlich.«

»Aha«, sagte Harald mit einem noch immer beleidigten Gesichtsausdruck. Dann seufzte er und schlug vor: »Lade deine Freunde doch hierher ein und ihr bestellt euch Pizza. Wäre das ein Kompromiss?«

Suchin dachte nur: Ja klar, damit du dich wieder auf dem Balkon betrinken kannst. Laut sagte sie: »Ich würde wirklich lieber draußen etwas essen und dann noch ins Einkaufszentrum oder so gehen. Kannst du mir nicht das Pizzageld so geben? Bitte, Papa.«

Nachdem sie noch eine Weile diskutiert hatten, gab Harald nach. Aber man konnte ihm deutlich ansehen, dass er schwer gekränkt war. Als Suchin sich schließlich fertig gemacht hatte und gehen wollte, kramte Harald umständlich sein Portemonnaie aus der Hosentasche und zählte Geld für die Pizza ab. »Das mit dem Einkaufszentrum wird aber heute nichts, Suchin. Denk' dran, dass die Läden wegen des Feiertags geschlossen sind.«

»Ja, ich weiß. Ich wollte auch nur die Schaufenster anschauen. Danke, Papa.« Suchin war schon fast durch die Tür hindurch, da drehte sie sich noch einmal um. »Papa, darf ich heute nicht mal bis zehn Uhr wegbleiben? Ich bin doch jetzt schon fünfzehn. Und heute ist mein Geburtstag. Bitte, bitte!«

Harald wollte erst protestieren, aber er hatte heute schon genug diskutiert. »Von mir aus. Aber dann auch pünktlich, verstanden?«

»Toll. Ja klar und danke!«

Kurze Zeit später spazierte Suchin fröhlich die Straße längs. Der Regen hatte sich gelegt und die Sonne schien zwischen den Wolkenbergen hindurch. Übermütig sprang Suchin über die Pfützen hinweg, freute sich an der frischen, warmen Luft und genoss ihre Freiheit. Zielstrebig ging sie in Richtung Park. Sie wollte in Wirklichkeit weder mit ihren Freunden essen gehen, noch ins Einkaufszentrum. Zuerst würde sie Dilara und Marta bei ihrer Bank treffen. Und um sechs Uhr war sie mit Denis verabredet. Seine Eltern waren bis morgen verreist und er wollte sie mit irgendetwas überraschen. Dilara und Marta warteten schon und sangen lauthals »*Happy Birthday to You*«, als Suchin in Sichtweite kam. Marta hielt ein kleines Törtchen in der Hand, auf dem eine Kerze wild flackerte. Und Dilara sprang Suchin entgegen und nahm sie fest in die Arme. »Hey meine Süße, alles Gute für dich!«

Suchin lächelte gerührt. »Ihr seid lieb. Vielen Dank!« Sie pustete die Kerze aus und biss ein großes Stück von dem Törtchen ab. Dann hielt sie es den Freundinnen hin, und als jede einmal abgebissen hatte, war von dem kleinen Kuchen nichts mehr übrig.

Dilara lachte zufrieden. »So, das hätten wir, ey. Geburtstagslied erledigt, Kerze erledigt, Kuchen erledigt. Jetzt fehlt noch das Geschenk.« Dilara sah mit einem ernsten Gesichtsausdruck zu Marta und sagte geziert: »Marta, wenn ich Sie bitten dürfte.«

Marta machte kichernd einen altmodischen Knicks, zog ein kleines, eingewickeltes Kästchen aus der Tasche und präsentierte es so übertrieben wie ein Model in einem Werbefilm. Suchin lachte. Dann packte sie das Geschenk aus. Es war ein silbernes Bettelarmband mit vielen kleinen

Anhängern daran. Darunter waren neben einem Herz und einer Sonne auch ein Schwein und ein Schnuller.

Suchin sah Dilara mit einem schiefen Grinsen an. »Die beiden Anhänger hast du ausgesucht, oder?«

Dilara lachte. »Klar, ey. Die gehören doch dazu. Aber das Beste hast du ja noch gar nich' gesehen!« Dilara beugte sich vor und öffnete ein kleines Medaillon am Armband. Dort war ein winziges Foto von ihr drin.

»Von mir ist auch eins dabei«, sagte Marta und deutete auf ein zweites Medaillon.

Suchin guckte sich die beiden Fotos lange an, legte dann ihre Arme um die Freundinnen und drückte jeder von ihnen einen Kuss auf die Wange. »Ihr seid die allerbesten Freundinnen, die man sich nur wünschen kann. Vielen, vielen Dank. Das ist superduperbombastischgenialtollgeil.«

»So und jetzt müssen wir noch auf deinen Geburtstag anstoßen«, sagte Marta, wackelte mit ihren Augenbrauen und zog eine Flasche Sekt aus ihrer Tasche.

Suchin und Dilara wechselten einen erstaunten Blick und Dilara sagte: »Ey Marta! Na, ich sag' ja immer: Freundliche Teiche sind tief, oder wie das heißt.«

Keines der Mädchen hatte bisher Alkohol getrunken und so dauerte es nicht lange, bis sie allesamt einen kräftigen Schwips hatten. Sie bekamen wahre Lachanfälle und hatten die albernsten Ideen. Marta zog Suchin sogar einen Schuh aus und setzte ihn sich verkehrt herum auf den Kopf. Dann ging sie vor der Bank hin und her und präsentierte ihre neue Hutkreation wie auf einem Laufsteg. Suchin und Dilara konnten sich kaum beruhigen vor Lachen, während die Spaziergänger im Park ihnen missbilligende Blicke zuwarfen und einen großen Bogen um sie schlugen.

Schließlich war es Zeit für Suchin, sich auf den Weg zu Denis zu machen. Sie zog ihren Schuh wieder an, verabschiedete sich von den Mädchen und ging los. Ihr war sehr eigenartig zumute. Sie fühlte sich schwindelig und im Kopf ganz dumpf. Trotzdem war sie irgendwie aufgedreht und hätte die ganze Welt umarmen mögen.

Als sie bei Denis ankam, war sie noch immer nicht nüchtern und fiel ihm überschwänglich um den Hals. »Weißt du eigentlich, wie sehr ich dich liebe?«, fragte sie und küsste ihn hingebungsvoll.

Denis erwiderte den Kuss überrascht. Sonst war Suchin mit solchen Liebesbekundungen eher zurückhaltend. Als sie sich von ihm löste und Denis den Sekt auf seinen Lippen schmeckte, sagte er grinsend: »D-du hast getrunken, Kekschen.«

»Jawohl, mein einziger Djom. Und ich fand es toll. Alles ist toll. Ich habe ganze tolle Freundinnen. Du bist toll und ich bin auch toll. Bin ich nicht toll?«

Denis lächelte sie amüsiert an.

Suchin nickte eifrig. »Jawohl, ich finde mich ganz toll.« Sie guckte an sich runter und sagte dann: »Und meine Brüste finde ich auch ganz toll.«

Suchin griff mit beiden Händen an ihren Busen, der sich in den letzten Monaten deutlich entwickelt hatte. »Hast du überhaupt schon meine tollen Brüste bemerkt, Djom?«

Denis wurde rot und guckte Suchin mit großen Augen an. »Mann, wie viel habt ihr denn getrunken? Ich hol' dir lieber erst mal ein Glas W-wasser und du legst dich einen Augenblick hin.«

»Ja, das ist eine gute Idee«, sagte Suchin, die auf einmal sehr blass um die Nase herum aussah.

Denis brachte sie in sein Zimmer, das heute blitzsauber aufgeräumt war und schenkte ihr Wasser ein. Suchin setzte sich auf das Bett und trank das Glas gierig leer. Sie legte sich hin und schaute Denis lächelnd an. »Du hast mir noch gar nicht gratuliert«, sagte sie nach einer Weile leise.

»Scheiße! Ja! Ich meine Nein. Ach, d-du bringst mich ganz durcheinander … Ich hatte doch alles so schön vorbereitet.« Denis schaute verwirrt und unglücklich zu Suchin hinunter. Aber sie sah ihn nur verträumt an und griff nach seiner Hand. Sie zog ihn zu sich aufs Bett und schlang ihre Arme um seinen Hals. Ganz sanft fing sie an, ihn zu küssen und sich dabei eng an ihn zu drücken. Da vergaß Denis alles, was er geplant hatte. Er strich Suchin zärtlich das Haar hinters Ohr und ließ, während sie sich unaufhörlich küssten, seine Hand langsam ihren Rücken hinunterwandern. Sanft fuhr er hoch über ihre Hüfte und schob seine Hand Zentimeter für Zentimeter unter ihr Shirt, bis er ihre Brüste erreichte.

»Hey«, Suchin lachte unsicher und schob seine Hand weg. »Was soll das denn werden?«

Denis guckte sie mit einem leicht verschleierten Blick an und sagte grinsend: »Ich dachte, du wolltest unbedingt, dass ich deine tollen Brüste bewundere.«

Suchin sah Denis verwirrt an. Auf einmal fühlte sie sich gar nicht mehr stark und übermütig.

»Ich weiß nicht«, sagte sie.

Denis verzog sein Gesicht. »D-du hast doch damit angefangen und mich hier heiß gemacht«, sagte er leicht beleidigt. »Ich hatte etwas ganz anderes geplant.« In diesem Moment hob er schnuppernd die Nase und rannte plötzlich wild fluchend aus dem Zimmer.

Als Denis nach fünf Minuten noch immer nicht wieder zurück war, stand Suchin auf, um ihn zu suchen. Sie fand ihn in der Küche, wo er gerade dabei war, alle Fenster aufzureißen und mit einem Geschirrtuch hektisch in der Luft herumzuwedeln. Es stank nach verbranntem Essen.

»Happy Birthday«, sagte Denis, als er Suchin sah, und zeigte auf eine Auflaufform mit einem großen, schwarzen Etwas darin. Hinter Denis entdeckte Suchin einen festlich gedeckten Tisch mit Kerzen und einem großen Strauß Blumen. »Ich habe für dich gekocht und jetzt ist das scheiß Essen angebrannt.« Denis sah sie wütend und traurig zugleich an.

In diesem Moment liebte Suchin ihn so heftig, dass sie es ihm irgendwie zeigen musste. Sie wollte ihm beweisen, wie sehr sie ihm vertraute und wie nah sie sich ihm fühlte. Gleichzeitig prickelte noch immer der Sekt durch ihren Körper und wischte alle Hemmungen einfach beiseite. Also griff sie langsam mit beiden Händen an den unteren Rand ihres Shirts und zog es sich über den Kopf. Denis starrte sie mit offenem Mund an. Dann öffnete Suchin ihren BH und ließ ihn zu Boden fallen. Verlegen lächelte sie ihn an und sagte, als er gar nicht aufhörte, sie mit offenem Mund anzusehen: »Ich hab' doch gesagt, sie sind toll.«

Denis lachte etwas heiser, ging auf sie und nahm sie stürmisch in seine Arme. Er guckte ihr lange in die Augen und sagte dann, ganz ohne Stottern: »Ich liebe dich so sehr, Kekschen.« Dann löste er sich etwas von Suchin und schielte grinsend nach unten. »Ja, sie sind wirklich toll. Ungelogen die tollsten Brüste, die ich je g-gesehen habe.«

Suchin lachte. »Du Spinner.« Dann bückte sie sich schnell, hob ihren BH und ihr Shirt auf und zog sich wieder an. »Du hast jetzt genug gesehen und ich hab' Hunger. Können wir aus der Kohle noch was machen?«

Denis schob schmollend die Unterlippe vor. »Schade, ich dachte, du bleibst jetzt den Rest des Abends so.« Dann drehte er sich um und rieb sich die Hände. »Na, gucken wir mal.«

18. Suchin belauscht ein Gespräch

Keine zwei Wochen später hatten sich Denis und Suchin zum Eis essen im Café Luigi verabredet. Es war ein traumhafter Maitag. Die Vögel zwitscherten und die Sonne strahlte heiß vom Himmel. Auch die letzten Bäume waren mittlerweile in frisches Grün gehüllt und Unmengen von Blumen standen in voller Blüte. Suchin ging mit großen, federnden Schritten die Straße entlang. Ihre bestickte Umhängetasche schlug sanft gegen ihre Hüfte und ihr langer Pferdeschwanz wippte auf ihrem Rücken.

Etwa hundert Meter vor dem Café sah sie Denis stehen und wollte ihm zuwinken. Doch er unterhielt sich mit einem großen, breit gebauten Jungen, den sie noch nie zuvor gesehen hatte und schaute gar nicht in ihre Richtung. Suchin beschloss, sich heimlich anzuschleichen und Denis zu überraschen. Sie wechselte die Straßenseite und ging in einem großen Bogen um ihn herum, damit er sie nicht sehen konnte. Dann schlich sie sich von Baum zu Baum an ihn heran, bis sie in Hörweite war. Gerade wollte sie hinter dem Baum hervorspringen, als der andere sagte: »Also du hast die kleine Thai klargemacht? Scharfes Teil!«

Suchin erstarrte und wich schnell wieder hinter den Baum zurück.

Denis antwortete: »W-woher weißt du das?«

Der andere ignorierte die Frage. »Na und? Ist sie so, wie man von den Thais sagt? Klein, leicht zu haben und mit einem Dauergrinsen im Gesicht? Hat sie dich schon rangelassen? Umsonst oder musstest du dafür bezahlen?«

Denis fuhr auf: »A-also, wart' mal …«

Doch der andere fiel ihm gleich ins Wort: »Hast wohl Angst, dass ich das mit der Thai deinen Eltern stecke, was?«

Denis schwieg.

Der andere beobachtete ihn eine Weile lauernd und sagte dann: »Hab' ich's mir doch gedacht. Ich kenn' doch die Meinung deiner Eltern über Ausländer.«

Er machte eine kurze Pause und Denis murmelte: »S-sag' ihnen b-bitte nichts, o-okay?«

Der andere lachte dreckig. »Nee, Junge. Von solchen Mädchen erzählt man den Eltern nichts, hast recht. Mach' dir mal keine Sorgen. Ich verderb' dir den Spaß nicht. Tob' dich ruhig aus, und wenn du genug von ihr hast, ruf' mich an. Ich würd' auch gerne mal 'ne Thai ausprobieren.«

»Sprich n-nicht s-so über sie«, zischte Denis und sah dem anderen in das grinsende Gesicht.

Der lachte nur höhnisch und drehte sich weg. »Ich muss dann mal weiter, Alter. Man sieht sich.«

Denis starrte ihm noch eine Weile hinterher und ging dann in Richtung des Cafés direkt auf Suchin zu. Die stand wie gelähmt hinter dem Baum und wusste nicht, was sie tun sollte. In ihr brach nicht nur eine ganze Welt zusammen. Es war, als würde das Universum in sich zusammenfallen und sie im schwerelosen Nichts zurücklassen. Wie konnte Denis nur zulassen, dass jemand so über sie redete? Wie konnte er zulassen, dass seine Eltern sie für nicht gut genug hielten? Oder dachte er etwa selber so? Schämte er sich für sie? Oder war er nur mit ihr zusammen, weil er glaubte, sie leichter als andere Mädchen ins Bett zu bekommen? War das alles nur gelogen gewesen? Und sie hatte sich auch noch vor ihm ausgezogen! Das Herz klopfte ihr panisch bis zum Hals, als sie jetzt an den Moment in der Küche zurückdachte. Auf einmal wurde aus einer der schönsten Erinnerungen ihres Lebens etwas total Schmutziges und Falsches. Sie schämte sich. Suchin hätte am liebsten laut geschrien und merkte, wie sich Tränen in ihren Augen sammelten. In diesem Moment sah Denis sie und begriff in derselben Sekunde, dass sie das Gespräch mit angehört hatte. Sie sahen sich an und es war wie eine kurze, heftige Auseinandersetzung ohne auch nur ein gesprochenes Wort. Suchin blickte Denis mit einem Ausdruck von Schmerz, Wut und Enttäuschung an und Denis erwiderte diesen Blick hilflos und schuldbewusst. Suchin drehte sich um und rannte weg.

Sie lief den Weg nach Hause, so schnell sie konnte. Erst im Flur des Wohnhauses blieb sie stehen, um wieder zu Atem zu kommen. Als sie schließlich durch die Wohnungstür trat, blickte Harald sie erstaunt an. Suchin brauchte ihre ganze Kraft, um sich nichts anmerken zu lassen.

»Ich bleibe doch zu Hause und kümmere mich um Hanno. Du kannst also gerne deinen Freund besuchen gehen«, sagte sie in einem gleichgültigen Ton.

Harald guckte sie ungläubig an. »Bist du krank, Suchin? Hast du Fieber? Du bleibst freiwillig zu Hause und passt auf Hanno auf?« Harald lachte grunzend. Dann wurde sein Gesicht ernst. »Ist alles in Ordnung, Suchin?«

Um Suchins Mundwinkel herum zuckte es einmal kurz verräterisch, aber dann hatte sie sich wieder im Griff. Hauptsache, sie wurde Harald schnell los. »Alles bestens, Papa. Ich war nur in letzter Zeit so unfreundlich. Da dachte ich mir, ich tue dir jetzt mal einen Gefallen.«

»Oh, das ist ja nett, Suchin. Dann will ich mal schnell los, bevor du es dir noch wieder anders überlegst. Man muss die Feste feiern, wie sie fallen.« Harald lachte noch einmal auf, tätschelte Suchin mit einem freundlichen Lächeln die Schulter und machte sich fertig.

Ungeduldig wartete Suchin darauf, dass endlich die Tür ins Schloss fiel. Dann hob sie Hanno hoch, presste ihn an sich und fing an, hemmungslos zu weinen. Ihr kleiner Bruder wehrte sich gegen die feste Umarmung und protestierte mit einem lauten Quengeln. Da legte ihn Suchin vorsichtig auf den Boden und setzte sich dicht neben ihn. Unterbrochen von heftigen Schluchzern erzählte sie Hanno, was passiert war. Der blickte sie erschrocken an. Dass seine große Schwester sich so komisch verhielt, machte ihm Angst. Schließlich fing auch er an zu heulen.

»Ja, Hanno. Du verstehst mich«, weinte Suchin und strich ihrem Bruder sanft über den Kopf. Irgendwann hatte sich Suchin so weit beruhigt, dass sie überlegte, Dilara und Marta alles zu erzählen. Aber nein, sie wollte nicht darüber reden. Es war so demütigend. Sie schämte sich so, als wäre sie wirklich nicht gut genug für Denis und als stimmten die schrecklichen Sachen, die dieser unangenehme Kerl über ihre Landsleute gesagt hatte. Und dann fiel ihr ein, dass sie am nächsten Tag in der Schule Denis wiedersehen würde. Bei dem Gedanken schüttelte sie heftig den Kopf und erneut stiegen ihr Tränen in die Augen. Nein. Nie, niemals wieder wollte sie ihn sehen. Nie wieder.

Am nächsten Tag brachte sie Hanno wie gewohnt zur Tagesmutter. Danach ging sie aber nicht zur Schule weiter, sondern zurück in die Wohnung. Dort legte sie sich ins

Bett und starrte die Decke an. Zwischendurch liefen ihr immer wieder Tränen über die Wangen. Irgendwann nahm sie ihr Smartphone in die Hand und sah, dass Denis ihr unzählige Nachrichten geschickt und sie mehrmals angerufen hatte. Entschlossen löschte sie all seine Nachrichten, ohne sie zu lesen und danach auch seine Nummer aus ihrem Speicher. Schließlich schaltete sie das Smartphone ganz aus. Sie wollte ihn nicht mehr sehen, mit ihm nicht mehr reden und auch nichts von ihm lesen. Und sie wollte auch mit sonst niemandem reden. Denis hatte sie im Stich gelassen. Sie hatte ihm vertraut. Nie wieder würde sie zulassen, dass jemand sie im Stich ließ. Niemandem würde sie je mehr vertrauen. Ab jetzt würde sie alleine bleiben. Ganz und gar allein. Für den Rest ihres Lebens. Sie schluchzte laut auf. Da wurde ihr bewusst, dass sie noch immer seine Kette um den Hals trug. Sie erinnerte sich an ihr Treffen zu Weihnachten und bekam einen regelrechten Heulkrampf. Als sie sich wieder einigermaßen beruhigt hatte, nahm sie die Kette ab. Einen Augenblick lang hielt sie sie mit gestrecktem Arm über den Mülleimer. Aber die Kette wegzuschmeißen, brachte sie doch nicht übers Herz. Schnell nahm sie die kleine Schachtel, in der das Armband von Dilara und Marta gewesen war, und in der sie bereits die Vogelkette von Harald aufbewahrte. Mit fest zusammengepressten Lippen ließ sie Denis' Kette hineinfallen. Dann stopfte sie die Schachtel in die unterste Schublade ihrer Kommode. So, das hätte sie geschafft. Sie drehte sich in ihrem Zimmer einmal im Kreis, um zu sehen, ob noch etwas entfernt werden musste. Entsetzt stellte sie fest, dass einfach überall Dinge waren, die sie Denis erinnerten. Eine getrocknete Blume an der Pinnwand, eine Zeichnung von ihm auf dem Schreibtisch, eine Mappe, in der sie seine Zettelchen aus dem Unterricht aufbewahrte, neben dem Bett. Suchin stöhnte gequält auf und verließ fluchtartig ihr Zimmer. Sie legte sich im Wohnzimmer aufs Sofa und wartete, bis es Zeit war Hanno abzuholen. Vor Harald ließ sie sich nichts anmerken. Sie erledigte ihre Pflichten, nicht besonders sorgfältig, aber stumm und ohne zu meckern. Sie wollte sich mit ihm nicht auseinandersetzen und tat deswegen das Notwendigste, um jede Diskussion mit ihm zu vermeiden. Harald schaute sie zwischendurch misstrauisch und prüfend an, sagte jedoch nichts. Am nächsten Tag ging Suchin wieder nicht zur Schule. Und den darauffolgenden Tag auch nicht. Einmal rief jemand aus dem Sekretariat der Schule an, um nachzufragen, warum sie nicht zum Unterricht erscheine. Suchin sagte mit schwacher Stimme, dass sie krank sei und nicht wisse, wann sie wiederkommen könne. Ein paarmal klingelte und klopfte es auch an der Tür. Aber Suchin machte nicht auf.

Ungefähr eine Woche später kam Harald mit auffällig schlechter Laune nach Hause. Immer wieder schaute er Suchin an, als wollte er etwas sagen. Stattdessen kniff er aber nur jedes Mal die Lippen zusammen, runzelte die Stirn und drehte sich weg. Als sie beim Abendbrot zusammensaßen, blickte Harald sie eine Weile ungeduldig an, so als warte er auf etwas. Schließlich fragte er mit kaum überhörbarem Ärger in der Stimme: »Und Suchin, wie war die Schule heute?«

Suchin warf ihm einen hastigen Blick zu und guckte schnell wieder weg. »Gut«, sagte sie und biss von ihrem Brot ab.

»Gut, ja?« Haralds Finger trommelten nervös auf den Tisch. »Sag mal, Fräulein, du denkst wohl, du kannst dir alles erlauben, was? Ich hatte heute bei der Arbeit einen Anruf von Frau Knieselbeek.«

Er wartete einen kurzen Augenblick, ob seine Nachricht irgendeinen Eindruck machte. Doch nichts geschah. Harald fuhr fort: »Meinst du, du kannst tagelang nicht zur Schule gehen, mich anlügen, und wie einen Volldepp dastehen lassen, der nicht mal merkt, dass seine Tochter die Schule schwänzt, und damit durchkommen?«

Suchin schaute weiter starr auf ihren Teller und kaute konzentriert auf ihrem Brot herum.

»Ich rede mit dir, verdammt nochmal!«, brüllte Harald.

Hanno guckte erst eine Sekunde erschreckt in die Gegend und fing dann an, laut zu weinen. Suchin nahm ihn aus seinem Sitz und versuchte, ihn zu beruhigen. Noch immer schaute sie Harald nicht an. Aber sie sagte leise und bestimmt: »Ich geh' da nicht mehr hin.«

»Was heißt das, du gehst da nicht mehr hin? Natürlich gehst du da hin. Du musst doch einen Schulabschluss haben.«

Suchin zuckte mit den Schultern.

Das regte Harald noch mehr auf. »Okay. Dir ist alles egal. Ich verstehe. Das Leben funktioniert aber nicht so. Irgendwie musst du Geld verdienen, um essen und wohnen zu können.«

»Das bekomme ich schon hin«, antwortete Suchin.

Harald schnaubte wütend auf. »Wie willst du das tun, wenn du nichts Ordentliches lernst? Oder hast du vor, dich an den Straßenrand zu stellen und deinen Körper stundenweise zu verkaufen?« Harald war vollkommen außer sich.

Er merkte, dass er zu weit ging. Aber er war zu aufgebracht und gekränkt, um sich zu bremsen.

Sie blickte ihn aber nur mit einem hasserfüllten Gesichtsausdruck an: »Wieso? Weil ich eine Thai bin?« Suchin machte eine kurze Pause und musterte ihn abschätzig von oben bis unten. »Oder weil ich die Tochter meiner Mutter bin? Dann hätte ich ja keine Sorgen mehr. Ich müsste mir nur so einen Idioten wie dich suchen, der sich perverse Kalender aufhängt und alles für seine Frau bezahlt.«

Da brannte bei Harald eine Sicherung durch. Er holte aus und gab Suchin eine schallende Ohrfeige. Die sah ihn sekundenlang nur überrascht an und hielt sich mit einer Hand die schmerzende Wange. Dann war es, als braute sich in ihr eine schwarze Wolke aus Wut und Hass zusammen. Ihre Augen blitzten und ihr Mund zuckte hässlich und böse. »Du fettes, grunzendes Schwein«, zischte sie. »Das wirst du noch bereuen. Das schwöre ich dir!« Sie drückte Harald den wie am Spieß kreischenden Hanno in die Arme und rannte in ihr Zimmer. Dort warf sie sich auf ihr Bett und brach, wie so oft in den letzten Tagen, in Tränen aus, bis sie schließlich erschöpft auf dem tränennassen Kissen einschlief.

Am nächsten Morgen kam Harald in ihr Zimmer, riss den Fenstervorhang zur Seite und sagte grob: »Deine Mutter kommt in drei Tagen nach Hause. Bis dahin kannst du tun und lassen, was du willst. Hauptsache, du gehst mir aus dem Weg.« Mit schweren Schritten verließ er ihr Zimmer wieder und schlug krachend die Tür hinter sich zu.

Suchin setzte sich seufzend auf und legte ihre Hände vors Gesicht. Sie hatte die Nase so voll und wollte nur noch weg von hier. Minutenlang starrte sie auf die violette Wand, auf den Kolibri-Fächer und auf die Landkarte von Thailand. Und da plötzlich sah sie die Lösung für all ihre Probleme direkt vor sich: Thailand. Sie würde wieder zurückgehen. Weg von Harald, weg von Frau Gerstenkorn, weg von Denis. Suchin atmete tief auf und ließ sich nach hinten auf ihr Kissen fallen. Mit offenen Augen lag sie da und dachte nach. Und je mehr sie darüber nachdachte, umso mehr erschien ihr Thailand als der einzige Ausweg und als die beste Idee, die sie je gehabt hatte. Ein Kolibri gehört einfach noch weniger nach Deutschland als nach Thailand, dachte sie.

Drei Tage später kam Suchins Mutter aus Thailand zurück. Suchin fuhr nicht mit zum Flughafen, um sie abzuholen. Sie blieb zu Hause und klammerte sich mit aller Kraft an ihre trotzige Abwehrhaltung, in der ihr alles egal war. Dennoch merkte sie, wie sie immer nervöser wurde. Sie hatte Angst davor, ihre Mutter gleich wiederzusehen oder vielmehr davor, das vorwurfsvolle, enttäuschte Gesicht ihrer Mutter wiederzusehen. Sie kannte diesen Blick von ihrer Mutter. Es war dann fast so, als verachte sie einen, als fände sie es besser, man wäre gar nicht geboren worden. Als sie ihrer Mutter dann aber leibhaftig gegenüberstand, löste sich ihr Trotz einfach in Luft auf. Ohne dass sie etwas dagegen hätte tun können, liefen ihr Tränen wie Sturzbäche aus den Augen und sie fiel ihrer Mutter um den Hals.

Als sie sich anschließend lange mit ihr unterhielt, erzählte sie nichts von Denis und dem Gespräch, das sie belauscht hatte. Ihre Mutter würde Suchins Gefühle ohnehin nicht verstehen und es bestimmt albern finden, dass sie deswegen nicht mehr in die Schule ging. Schließlich ließ ihre Mutter sie auch immer wieder im Stich, so wie Denis es getan hatte, und fand rein gar nichts dabei. Dafür schilderte Suchin in dramatischen Bildern die Ohrfeige von Harald. Sie beklagte sich darüber, dass sie sich fast alleine um Hanno kümmern musste, dass Harald sie wie einen Sklaven halten würde und über einiges mehr. Ihre Mutter hörte sich das alles schweigend an. Nur manchmal zog sie ihre rechte Augenbraue leicht nach oben. Als Suchin schließlich fertig war, sagte sie kurz und knapp auf Thailändisch: »Nächsten Montag gehst du wieder in die Schule. Ich werde dich dort hinbringen und abholen.«

Suchin wollte wild protestieren und sagen, dass sie nie wieder dort hingehen würde. Sie wollte sagen, dass sie es nicht ertragen würde, Denis zu sehen, dass sie diese schreckliche Frau Gerstenkorn hasste, und dass sie wieder zurück nach Thailand wollte. Stattdessen sagte sie einfach nur: »Okay.«

Am Montag brachte ihre Mutter sie, wie angekündigt, zur Schule. Sie blieb sogar am Schultor stehen, bis die Schulglocke läutete. Vorher hatte sie Suchin erklärt, dass sie es sofort erfahren würde, wenn sie nicht zum Unterricht ginge, und sie in dem Falle zukünftig bis ins Klassenzimmer begleiten würde.

Suchins Herz klopfte bis zum Hals, als sie sich dem Unterrichtsraum näherte. Sie hatte ein Gefühl, als würde sie gleich in Ohnmacht fallen. Und das wäre ihr auch lieber gewesen, als tatsächlich in die Klasse gehen zu müssen. Sie presste fest ihre Lippen aufeinander und ging zielstrebig zu ihrem Platz, ohne sich umzuschauen. Dilara schaute sie mit einem seltsamen Ausdruck im Gesicht an, sagte aber nichts. Kurz danach betrat Frau Gerstenkorn das Klassenzimmer. Ihr Blick schweifte durch die Klasse und blieb mit einem bittersüßen Lächeln an Suchin hängen.

»Ach Suchin, wie nett, dass du uns auch mal wieder beehrst.« Dann fragte sie mit einer deutlich hörbaren Ironie in ihrer Stimme: »Fühlst du dich denn auch wirklich wieder gesund genug, um am Unterricht teilzunehmen?«

Suchin antwortete nicht, sondern guckte stur auf ihren Tisch. Dabei biss sie die Zähne so fest aufeinander, dass ihre Kiefermuskeln schmerzten. Frau Gerstenkorn zuckte mit den Schultern und begann mit dem Unterricht. Einige Minuten später landete ein gefalteter Zettel auf ihrem Tisch. Suchin starrte kurz auf das Papier und merkte, dass sie auf einmal am ganzen Körper zitterte. Ohne darüber nachzudenken, fegte sie den Zettel mit der Hand vom Tisch. Frau Gerstenkorn, die sie aus den Augenwinkeln fortwährend beobachtete, stürzte sich wie ein Habicht darauf, und hielt den Zettel kurz danach siegessicher hoch.

»Na, was haben wir denn da, Suchin?«

Suchin schoss das Blut in die Wangen, während Frau Gerstenkorn den Zettel umständlich entfaltete und laut vorlas: »Kekschen, ich bitte dich, lass mich dir alles erklären. Ich liebe dich. D.«

Frau Gerstenkorn machte eine dramatische Pause, in der es aussah, als genösse sie es, dass das Kichern in der Klasse dieses eine Mal nicht ihr galt. Dann sagte sie streng: »Also, das geht nun wirklich zu weit. So etwas hat in meinem Unterricht nichts verloren. Der Nächste, der hier irgendwelche ominösen Liebesbotschaften durch die Gegend wirft, geht direkt zu Frau Knieselbeek.« Nach einer kurzen

Pause ergänzte sie mit einem Beifall heischenden Blick, so als läge ihr daran, von ihren Schülern für witzig gehalten zu werden: »Das gilt insbesondere für vollkommen unsinnige Liebeserklärungen an ein Gebäck. Wir sind hier schließlich nicht in irgendeiner Kochshow.«

Suchin schaute einen Augenblick lang vor sich hin. In ihr tobte ein Meer aus Scham und Wut. Kurzentschlossen packte sie ihre Schulsachen ein. Sie hielt es hier nicht aus. Es ging einfach nicht. Sie hängte sich ihre Tasche über die Schulter, schaute der Lehrerin voller Hass ins Gesicht und sagte in einem Ton, als würde sie ihr die schlimmsten Beleidigungen entgegenschleudern: »Entschuldigen Sie bitte, Frau Gerstenkorn. Ich muss mal ganz dringend aufs Klo.« Ohne auf eine Erlaubnis zu warten, drehte sie sich um und verließ das Klassenzimmer.

Suchin ging tatsächlich zu den Toilettenräumen. Dort schloss sie sich aber nur in einer der Kabinen ein, um darauf zu warten, dass die Schule vorbei war. Eine halbe Stunde später läutete es zur Pause. Kurz danach hörte Suchin, wie sich die Tür öffnete und irgendwelche Mädchen hereinkamen. Und dann hörte sie die Stimme von Dilara: »Ey Mädels, das Klo hier ist jetzt privat. Geht mal woanders hin, sonst …« Die Mädchen protestierten, aber Dilara wirkte wohl so überzeugend, dass sie doch lieber murrend den Raum verließen.

Einen Moment lang war es ganz still und Suchin war sich nicht sicher, ob sie alleine war oder nicht. Doch dann sagte Dilara: »Cookie, ich weiß, dass du hier bist. Und ich weiß auch, was mit Denis passiert ist. Er hat es mir erzählt. So. Und bevor du alles noch mehr verkackst, als du es bis jetzt schon getan hast, hörst du dir an, was er zu sagen hat, ey. Notfalls zwinge ich dich mit Gewalt dazu. Also, ich bin dann draußen und sorge dafür, dass niemand reinkommt.«

Suchin hörte, wie Dilara sich ein paar Schritte entfernte und wartete auf das Geräusch der sich öffnenden Tür. Aber stattdessen hörte sie, wie Dilara sich räusperte und dann sagte: »Gerçek dost kötü günde belli olur. Cookie, Mann, richtige Freunde beweisen sich an schlechten Tagen. Hör' auf, immer wegzulaufen. Du tust so, als könntest du dich nich' auf uns verlassen. Weißt du, das kotzt mich echt an. Das haben wir nich' verdient, ey. Ich sag' nur: DMS. Wir sind immer füreinander da.« Suchin biss auf ihre Unterlippe. Sie wusste, dass ihre Freundin recht hatte und trotzdem fiel es ihr schwer, sich anders zu verhalten. Sie suchte in ihrem Kopf nach entschuldigenden Worten. Doch noch bevor sie sich dazu überwinden konnte, sie auszusprechen, hörte sie, wie Dilara den Raum verließ und jemand anders hereinkam.

»K-kannst du nicht bitte herauskommen. Ich finde es t-total idiotisch, mit einer Klotür zu sprechen«, hörte sie Denis sagen.

Suchin presste zum wiederholten Male die Lippen fest aufeinander. Tränen stiegen ihr in die Augen. »Geh weg«, sagte sie mit erstickter Stimme.

»D-das heißt dann wohl Nein«, seufzte Denis. »Dann eben so.« Er räusperte sich. »Kekschen, es tut mir so leid, wie d-das gelaufen ist. A-aber du nimmst das alles viel zu wichtig.«

Suchin schnappte empört nach Luft und öffnete ruckartig die Klotür. Da stand er und sah sie ernst und mit traurigen Augen an. Sie wollte ihm sagen, dass ER das nicht wichtig genug nahm, dass er sie verraten hatte, dass er sie gedemütigt hatte und dass sie mit niemanden zusammen sein konnte, der sich für sie schämte. Aber sein Anblick löste in ihr solch einen Gefühlssturm aus, dass auf einmal alle Worte verschwunden waren. Denis sah sie an und um seinen Mund herum zuckte es hilflos. Auch er hatte wohl die Sprache verloren. Endlich hatte er sich aber wieder soweit gefangen, dass er weiterreden konnte.

»D-dieser Idiot, mit dem ich da gesprochen habe, ist mein unterentwickelter Cousin«, begann er zu erklären. »Was der über thailändische Frauen … und über dich … gesagt hat, ist so dämlich und unsinnig, dass nur besonders d-dumme und unsichere Menschen auf sowas kommen können.« Denis schnaufte einmal kurz verächtlich auf. »Die müssen nämlich alle, die schöner oder erfolgreicher oder einfach anders sind als sie, k-klein und schlecht machen, damit sie sich selbst besser und wichtiger fühlen. Außerdem haben sie so immer jemanden griffbereit, den sie für ihre P-probleme verantwortlich machen können.«

Denis sah sie unglücklich an. »Es tut mir so leid, dass du den Müll von diesem P-penner mit angehört hast. Und den Gedanken, dass du dich deswegen schlecht gefühlt hast und ich es nicht verhindert habe, k-kann ich kaum ertragen. Zum ersten Mal in meinem Leben bereue ich, dass ich nicht einfach zugeschlagen habe.« Denis sah sie verzweifelt an. »Aber weißt du, G-gewalt macht solche Leute auch nicht schlauer.«

Dann fügte er kleinlaut hinzu: »Außerdem wollte ich nicht, d-dass er meinen Eltern von dir erzählt.« Denis schaute betreten auf den Boden und sprach dann stockend weiter. »Leider sind meine Eltern in d-dieser Hinsicht auch totale Idioten. Als Eltern sind sie echt super. Aber was ihre Meinung über ausländische Menschen angeht, schäme ich mich für sie. Warum sie so denken, verstehe ich gar nicht. Eigentlich haben sie das überhaupt nicht nötig. T-trotzdem halten meine Eltern alle Araber für Selbstmordattentäter, P-polen und Zigeuner für Diebe und Thai-Frauen … na ja, so ungefähr für das, was mein dummer C-cousin gesagt hat. Ich hasse solche rassistischen Vorurteile. Wenn die stimmen würden, müsste ich als D-deutscher ja auch ein blöder Nazi sein.«

Denis atmete tief ein und stieß die Luft geräuschvoll wieder aus, so als würde er sich auf eine große, körperliche Anstrengung vorbereiten.

»D-das, was wir haben, ist mir viel zu kostbar, um es so einem Scheiß auszusetzen. Ich habe dich bisher also bloß deswegen meinen Eltern nicht vorgestellt, weil ich d-dich vor genau so etwas beschützen wollte und ganz bestimmt nicht, weil ich mich für DICH schäme. Wenn du jetzt nichts mehr mit mir zu tun haben willst, k-kann ich das verstehen. Aber es würde mir das Herz brechen, weil du für mich der allerwichtigste und tollste und schönste Mensch auf der Welt bist. D-das wollte ich dir nur sagen.«

Suchin hatte jedes seiner Worte geradezu gierig eingesogen. Was er gesagt hatte, wirkte wie eine schmerzlindernde, beruhigende Medizin. Alle Anspannung war von ihr gewichen. Denis liebte sie und sie war ihm wichtig. Dass es dumme Menschen auf der Welt gab, dafür konnte sie ihm kaum die Schuld geben. Er liebte sie, und nicht einfach eine Thai, von der er sich irgendetwas versprach. Nein, nur sie, Suchin. Ihre Arme hingen schlaff an ihr herunter und sie schloss die Augen, um tief ein- und auszuatmen. Als sie sie wieder öffnete, sah sie, dass er nahe an sie herangetreten war und mit einem fast flehenden Gesichtsausdruck die Arme ausgebreitet hatte. Ohne ein weiteres Wort warf sich Suchin in seine Umarmung und fühlte sich, als würde sie fallen, aber fallen ohne Ende, fallen wie fliegen.

So standen sie still und eng aneinandergeschmiegt in dem weiß gekachelten Raum mit seinen vollgekritzelten Türen und dem tropfenden Wasserhahn, bis die Schulglocke zur nächsten Stunde läutete.

19. Klassenkonferenz

Noch am selben Tag informierte Frau Knieselbeek Harald darüber, dass es wegen Suchin eine Klassenkonferenz geben würde. Da Suchins Mutter nicht besonders gut Deutsch sprach, bat ihn die Schulleiterin auch mit dabei zu sein. Außerdem würden alle Lehrer, die in der Klasse unterrichteten, anwesend sein sowie Suchins früherer Klassenlehrer, Herr Sandofen.

Als der Termin für die Konferenz gekommen war, brachten sie den kleinen Hanno zu seiner Tagesmutter und fuhren anschließend gemeinsam zur Schule. Suchin war nervös. Es war ein merkwürdiges Gefühl, durch die leeren Flure zu gehen. Sie fühlte sich, als ginge sie zu ihrer Hinrichtung. Am liebsten wäre es ihr gewesen, wenn ihre Mutter gar nicht mitgekommen wäre. Jetzt würde diese alte Gerstenkorn sie vor ihrer Mutter schlechtmachen. Und trotz all der Wut, die so lange schon in ihr brannte, war es ihr wichtig, was ihre Mutter von ihr dachte. Dagegen konnte sie rein gar nichts tun.

Als sie beim Lehrerzimmer ankamen, waren dort schon alle Lehrer versammelt. Frau Knieselbeek ging mit ihren schnellen, kleinen Eichhörnchenschritten auf sie zu und begrüßte Harald und ihre Mutter. Suchin nickte sie nur knapp zu. Kurz darauf hatten sich alle gesetzt und die Direktorin ergriff das Wort. Wie immer sprach sie schnell und hektisch. »Liebe Kollegen, Herr und Frau Schnäbler, Suchin, ich bedanke mich für Ihr Kommen. Der Anlass ist diesmal leider alles andere als erfreulich. Es geht um die

155

Zukunft von Suchin, die seit dem Wechsel in die reguläre Klasse zunehmend negativ auffällt. Als Erstes hören wir die Berichte der in der Klasse unterrichtenden Lehrer. Dann bekommst du, Suchin, eine Gelegenheit zur Stellungnahme. Herr und Frau Schnäbler, auch Sie können dann etwas sagen. Anschließend muss ich Sie bitten, für einige Momente den Raum zu verlassen und draußen zu warten, damit wir eine Entscheidung treffen können. Wir werden Sie dann wieder hereinbitten und Ihnen mitteilen, welchen Beschluss wir gefasst haben. Frau Gerstenkorn, dürfte ich Sie als Suchins aktuelle Klassenlehrerin bitten, den Anfang zu machen?«

Suchin sah zu Frau Gerstenkorn hinüber und verzog angewidert den Mund. Wie die sich plötzlich auf ihrem Stuhl aufplusterte und ihre vor sich liegenden Blätter mit hochgezogenen Augenbrauen und spitzem Mund sortierte. Sie sah aus, als wäre endlich ihre große Stunde gekommen. Lang und breit ließ sie sich dann über Suchins Verfehlungen aus. Am Ende ihrer Ausführungen stand Suchin wie eine gefährliche Kleinkriminelle da. Frau Gerstenkorn erweckte den Eindruck, als sei es geradezu ein Wunder, dass sie noch nicht mit einem Messer auf sie losgegangen sei und als wäre Suchins weitere Teilnahme am Unterricht regelrecht eine Gefahr für sie und ihre Mitschüler. Dabei zitterte ihre Stimme, als glaubte sie den Blödsinn wirklich.

In Suchin kochte die Wut über diese Darstellung. So war sie doch gar nicht. Oder? Sie hatte doch nur ab und zu herumgealbert. Sie warf einen kurzen Seitenblick zu ihrer Mutter und fragte sich nervös, was sie jetzt denken mochte. Doch die lächelte nur höflich und ließ dahinter nicht die kleinste Gefühlsregung erkennen.

Der Reihe nach ergriffen nun ihre anderen Lehrer das Wort. Zwar waren deren Schilderungen lange nicht so dramatisch wie die von Frau Gerstenkorn, das Bild von Suchin verbesserte sich aber nicht wesentlich. Einzig Frau Libriko, ihre Kunstlehrerin, sagte ausschließlich Positives über sie, und lobte ihr Talent, ihre Konzentration und ihren Fleiß. Suchin warf ihr einen dankbaren Blick zu.

Schließlich bat Frau Knieselbeek Herrn Sandofen zu Wort, damit sich der Entwicklungsverlauf besser beurteilen lasse. Herr Sandofen blickte Suchin lange und mit einem ernsten Gesichtsausdruck an, bevor er begann zu reden. »Ich muss vorwegschicken, dass ich nicht der Meinung bin, es würde irgendetwas verbessern, wenn man einen Schüler von der Schule verweist. Dass es hingegen Lehrer gibt, die wohl besser in einem anderen Beruf aufgehoben wären, davon bin ich schon überzeugt.« Dabei streifte sein Blick wie zufällig Frau Gerstenkorn, die in ihrer Empörung wie ein Fisch auf dem Trockenen nach Luft schnappte. Suchin blickte überrascht hoch und jubelte innerlich über die unerwartete Unterstützung.

»Manche meiner Kollegen scheinen zu vergessen, dass die Kinder, die eine Vorbereitungsklasse durchlaufen, häufig deutlich mehr mitgemacht haben als ihre Altersgenossen in den regulären Klassen. Im Umgang mit diesen Kindern sind Einfühlungsvermögen, Verständnis und auch mal Nachsicht gefragt, werte Kollegen. Sonst riskiert man, sie in eine Verweigerungshaltung oder in eine Art von Rebellion zu drängen. Genau das ist hier offensichtlich passiert. Ich kenne Suchin, die man bei ein wenig Respekt für ihre Herkunft übrigens mit ihrem thailändischen Rufnamen Cookie anspricht, ebenfalls nicht als besonders engagierte

Schülerin. Aber sie ist dennoch im Unterricht immer gut mitgekommen, hat sich tadellos benommen und sich mit allen Klassenkameraden blendend verstanden. Mir gegenüber hat sie es niemals an Respekt fehlen lassen. Ich bedaure diese Entwicklung über die Maßen, weil sie Suchins guten Anlagen und ihrer Intelligenz absolut nicht gerecht wird.« Herr Sandofen machte eine kurze Pause und fuhr dann fort: »Ich sehe daher einen Klassenwechsel als Mittel der Wahl an. Ein Schulverweis würde wohl alles nur noch schlimmer machen.«

»Danke, Herr Sandofen. Aber über die zu ergreifenden Maßnahmen beraten wir jetzt noch nicht«, unterbrach ihn Frau Knieselbeek. Sie warf ihm einen ermahnenden Blick zu und schaute dann zu Suchin. »Suchin, du hast jetzt Gelegenheit, auf die Vorwürfe zu antworten und deine Sicht der Dinge darzustellen.«

In Suchins Kopf raste es. Was sollte sie sagen? Sollte sie wirklich anfangen, sich zu rechtfertigen? Das hatte doch gar keinen Sinn. Alle, die hier etwas Schlechtes über sie gesagt hatten, waren ohnehin gegen sie. Wozu sollte sie um Verständnis betteln? Das war einfach nur demütigend. Nein, sie würde sich vor diesen … diesen Leuten nicht in den Staub werfen. Keine Chance. Also sagte sie nach einer längeren Pause und mit einem ängstlichen Seitenblick zu ihrer Mutter: »Ich glaube, Sie haben ihre Entscheidung schon längst getroffen, ob ich nun etwas sage oder nicht. Deswegen verzichte ich auch darauf. Ich glaube, wer sich Frau Gerstenkorn anguckt und zuhört, WIE sie über mich redet, der weiß ganz genau, was er von ihrer Darstellung zu halten hat. Frau Libriko und Herr Sandofen, vielen Dank. Sie sind wirklich ganz toll.« Dann verschränkte Suchin die

Arme und lehnte sich zurück. Sie sah, wie die Lehrer mit hochgezogenen Augenbrauen und missbilligendem Gemurmel reagierten, und senkte ihren Blick vor sich auf den Tisch. In ihren Augen brannte es.

»Nun ja. Wer nicht will, der hat schon, nicht wahr?« Frau Knieselbeek lachte nervös auf. »Herr und Frau Schnäbler, haben Sie noch etwas zu sagen, bevor wir unseren Beschluss fassen?«

Harald räusperte sich, aber Suchins Mutter legte ihm die Hand auf den Arm. Sie wollte selbst etwas sagen.

»Ik bietäh um Veßeiu fü mei Dotta. Ik vespecke, es wid kei Äga meh gebe. Sie wid die Sule nach diese Jahr velasse und wiedä nak Thailand gehn.«

»Ach so?« Frau Knieselbeek machte ebenso wie die anderen anwesenden Lehrer ein überraschtes Gesicht. »Na dann!« Sie klatschte leicht in die Hände. »Ich würde sagen, dann besprechen wir einmal, ob für die letzten vier Wochen überhaupt noch Konsequenzen notwendig sind. Wären Sie so freundlich und würden bitte draußen warten?«

Harald, Suchins Mutter und Suchin erhoben sich und verließen das Lehrerzimmer. Suchin fühlte sich wie betäubt. Sie konnte nicht fassen, dass ihre Mutter schon wieder über sie entschied wie über eine Sache ohne eigene Meinung. Sie wollte sie einfach so zurückschicken! Dabei hatte ihre Mutter ja gar nicht gewusst, dass Suchin den Plan gefasst hatte, nach Thailand zurückzugehen. Jetzt, wo sie mit Denis wieder versöhnt war, wollte sie es allerdings gar nicht mehr. In Suchin stieg Panik auf. Langsam wurde ihr die Tragweite dessen bewusst, was ihre Mutter gerade gesagt hatte. Sie würde alles verlieren. Und sie würde Tausende von Kilometern entfernt sein von Denis, Dilara und Marta und auch von ihrem kleinen Bruder. Dorf statt Stadt, Boden statt Bett, Großeltern statt Mutter – Suchin spürte, wie die Tränen in ihr hochstiegen. Aber sie wehrte sich verzweifelt dagegen. Sie wollte hier in der Schule nicht weinen.

Eine Stunde später waren sie wieder zu Hause. Unter der Voraussetzung, dass Suchin die Schule zum Ende des Schuljahres verlassen würde, wurde auf jegliche Strafmaßnahmen für ihr Schwänzen und ihr freches Benehmen im Unterricht verzichtet. Schließlich sorgte ja schon ihre Mutter für eine entsprechende Bestrafung. Und die verwies sie nicht nur der Schule, sondern gleich des ganzen Landes, ja, des ganzen Kontinents. Suchins Herz schlug so heftig in der Brust, dass es fast schmerzte, und in ihrem Kopf summte es. Sie konnte kaum einen klaren Gedanken fassen, als würde in ihrem Inneren ein Wirbelsturm toben, der alles, was sie fühlte und dachte, durcheinander schleuderte. Irgendwann hatte sie sich genug gefasst, um kläglich zu fragen: »Kann ich nicht doch hierbleiben und nur die Schule wechseln? Ich strenge mich dann auch richtig an.« Sie schaute ihre Mutter und Harald bittend an.

Aber ihre Mutter schüttelte sofort entschieden den Kopf und Haralds Gesicht nahm einen ablehnenden, wenn nicht sogar feindseligen Ausdruck an.

»Suchin, es geht doch nicht nur um die Schule, sondern auch um unser Zusammenleben. Das funktioniert so einfach nicht. Wir haben es jetzt drei Jahre lang probiert. Aber der Krug geht so lange zu Wasser, bis er bricht. Und in unserem Fall ist er schon längst gebrochen, Suchin. WIR funktionieren nicht als Familie. Deine Mutter, Hanno und ich aber schon.«

Jedes von Haralds Worten traf sie wie ein Schlag in die Magengrube. Und wie ein verwundetes Tier reagierte auch sie jetzt mit einem Gegenangriff. »So und dann schiebt ihr mich einfach ab, ja? Und wer sagt überhaupt, dass ich dafür verantwortlich bin, dass es nicht funktioniert? Vielleicht liegt es ja auch an dir!«

Harald wollte auffahren, aber Suchins Mutter legte ihm die Hand auf den Arm und sagte auf Thailändisch: »Cookie! Achte auf deinen Ton! ICH habe entschieden, dass du nach Thailand zurückgehst, nicht Harald. Es ist für alle besser so. Als ich zurückgekommen bin, hast du mir gesagt, wie schrecklich du es hier findest. Ich habe wegen dir ständig Streit mit Harald und für Hanno ist diese Stimmung auch nicht gut. Wir alle brauchen Ruhe und die kehrt nicht ein, solange du und Harald in der gleichen Wohnung wohnt.«

»Dann verlass' ihn doch«, antwortete Suchin trotzig, ebenfalls auf Thailändisch.

Ihre Mutter schaute sie mit einer steilen Falte auf der Stirn an. »Nein, das werde ich nicht tun. Stattdessen werde ich dich nach Thailand zurückschicken. Ich habe dich her-geholt, weil du hier alle Chancen hast. Du hättest studieren und dir ein wunderbares Leben aufbauen können. Aber du warst von Anfang an undankbar für all das hier und hast das große Geschenk der Möglichkeiten mit Füßen getreten. Du hast es nicht verdient, hier zu sein, Cookie. Du gehst nicht in die Schule, du lernst nicht, du bist unhöflich und respektlos zu den Lehrern. Ich schäme mich für dich. Und ich mache mir Sorgen, was aus dir werden soll. In Thailand können deine Großeltern besser auf dich aufpassen. Und du hast in dem Dorf nicht so viele schlechte Einflüsse wie hier in der Stadt.«

»Das ist unfair!« Suchin schrie fast, jetzt wieder auf Deutsch, und ihre Augen schwammen in Tränen. »Ihr gebt mir überhaupt keine Chance. Ich hab' es doch jetzt verstanden. Wenn ihr mich von Denis und meinen Freundinnen trennt, wird gar nichts besser. Dann wird alles nur schlimmer. Und Hanno braucht mich auch!«

Harald zog die Augenbrauen hoch. »Ach, wegen eines Jungen willst du nicht wieder zurück?«, dröhnte er mit seiner tiefen Stimme. Er schwieg einen Moment und schien nachzudenken. »Denis ... Denis ... ist das nicht der aus dem Krankenhaus? Na, dann geht das ja schon 'ne ganze Weile, was? Umso besser, wenn du gehst. Wer weiß, was sonst noch passiert. Dir ist ja alles zuzutrauen, so verantwortungslos wie du bist. Und im Handumdrehen machst du deine Mutter zur Großmutter. Nee, sobald das Schuljahr beendet ist, fliegst du nach Thailand und basta.«

Suchin war bei Haralds Worten das Blut in die Wangen geschossen. Ihre Augen funkelten wütend und verletzt und ihre Stimme klang schneidend scharf. »So ist das gar nicht. Ihr versteht das nicht. Denis ist der beste Mensch von der Welt. Wenn ihr mich wegschickt, werde ich irgendwie einen Weg finden, um zu ihm zurückzukommen. Ihr werdet schon sehen.«

»Cookie«, unterbrach ihre Mutter sie beschwichtigend. Ihr Gesichtsausdruck hatte sich verändert und Suchin fragte sich halb erstaunt, halb befriedigt, ob es ihre Mutter getroffen hatte, erst jetzt und auf diese Weise von ihrem Freund zu erfahren. »We du dik in de Sule bemuhst un dei Goßelte imme hifst, dann kann du uns in de Ferien besuken kommen.« Sie blickte fragend zu Harald. »Okay, Chaatz?«

Harald erwiderte den Blick erstaunt und sagte dann mit grimmigem Gesichtsausdruck: »ICH bezahle keinen Flug. Wenn du willst, dass DEINE Tochter uns besuchen kommt, dann musst du dich alleine darum kümmern. Außerdem erwarte ich noch eine Entschuldigung von Suchin, bevor ich sie hier wieder willkommen heiße.«

Eine halbe Stunde später war Suchin auf dem Weg zu Denis. Suchin war überrascht, dass sie noch wegdurfte. Aber Harald und ihre Mutter dachten wohl, es lohne sich jetzt nicht mehr, mit ihr darüber zu streiten. In gut einem Monat würde sie ja sowieso weg sein. Als Suchin bei Deniş ankam, stand ein Auto vor der Tür und sie blieb unsicher stehen. Waren etwa seine Eltern da? Fast ängstlich drückte sie nach einiger Zeit den Klingelknopf. Doch zum Glück öffnete Denis die Tür und zog sie sofort in die Arme. Seine Eltern waren nicht in Sicht. »W-war es schlimm bei der Konferenz?«, fragte er mitfühlend.

Suchin zuckte mit den Schultern. »Erzähle ich gleich.«

Im Hausflur blieb Denis einen Augenblick stehen und fragte: »Möchtest du meine Eltern kennenlernen? Sie sind da und ich habe ihnen auch schon von dir erzählt.«

Suchin war gerührt. Gleichzeitig hatte sie aber auch Angst vor Denis' Eltern und ihrer Ablehnung. Heute war einfach schon zu viel passiert. Noch mehr konnte sie nicht ertragen. Denis zu sagen, dass sie wieder nach Thailand zurückmusste, würde furchtbar genug werden. Also lächelte sie ihn an und sagte: »Heute nicht. Ich muss mit dir reden.«

Denis guckte Suchin fragend an und nickte unsicher. Als sie kurz darauf in seinem Zimmer waren, fragte er: »D-du hast jetzt aber nicht vor, Schluss zu machen, o-oder?« Es sollte wie ein Scherz klingen, was ihm allerdings nicht besonders gut gelang.

Suchin guckte ihn mit tränengefüllten Augen an und schüttelte den Kopf. »Nein, aber ich muss zurück nach Thailand«, sagte sie und fing im gleichen Augenblick an zu weinen. Denis entgleisten die Gesichtszüge und er sank neben Suchin aufs Bett.

»W-was?«, fragte er mit zittriger Stimme.

Unterbrochen von vielen kleinen Schluchzern erzählte Suchin ihm alles. »Wenigstens darf ich in den Ferien zu Besuch kommen, wenn meine Mutter das Geld für den Flug zusammenbekommt.« Trotz ihres ununterbrochenen Tränenstroms musste Suchin jetzt leicht grinsen. »Und wenn ich mich bei ihm für das fette, grunzende Schwein und den Idioten entschuldige.«

Denis strich ihr sanft über die Wange. »Das klappt schon irgendwie, und in der Zwischenzeit können wir skypen, mailen, telefonieren. V-vielleicht schreibe ich dir sogar ganz altmodische Liebesbriefe.« Dann sagte er traurig: »Was soll ich bloß ohne mein Kekschen machen? Ich bin ja schon fast gestorben, als du lächerliche zwei Wochen nicht mit mir gesprochen hast.«

Suchin schmiegte sich eng an ihn. »Lass' uns einfach jede Sekunde, die uns bleibt, genießen.«

Denis seufzte. »Wissen Dilara und Marta Bescheid?«

Suchin schüttelte den Kopf und machte ein bedrücktes Gesicht. »Der Tag war schlimm genug. Ich sag' es ihnen morgen. Ich möchte jetzt einfach nur bei dir sein.«

Denis legte sich aufs Bett und zog Suchin schweigend in seine Arme. Sie drehte sich mit dem Gesicht zu ihm und fuhr ihm mit den Fingern zart über Stirn, Wangen, Lippen.

Denis schaute ihr dabei unverwandt in die Augen und hob dann seine Hand, um ihr die Haare hinters Ohr zu streichen. Er küsste sie auf die Stirn, auf die Nase und auf den Mund und streckte sich dann, um seine Musikanlage anzuschalten. So lagen sie eng umschlungen nebeneinander und hörten zu, wie Philipp Poisel davon sang, sich festzuhalten und so zu tun, als würde es so für immer bleiben.

Am nächsten Tag traf Suchin Dilara und Marta. Die beiden Freundinnen reagierten total geschockt. Vor allem Dilara verlor vollkommen die Fassung und zum allerersten Mal überhaupt sahen ihre Freundinnen sie weinen. Es war ein denkwürdiger Nachmittag auf ihrer Bank im Park. Dort wo sie sonst so viel gelacht hatten, saßen sie jetzt und weinten gemeinsam. Am Ende erneuerten sie feierlich ihren Eid, immer zusammen zu halten, egal wo sie waren. Freundinnen auf ewig. DMS.

Die nächsten Wochen vergingen wie im Flug. Suchin ging jeden Tag zur Schule und bemühte sich, nicht unangenehm aufzufallen. Frau Gerstenkorn und sie ignorierten einander, bei Harald entschuldigte sie sich. So viel wie möglich traf sie sich mit Denis, mit Dilara und Marta und spielte mit Hanno. Nachts saß sie oft lange wach und zeichnete ihre schönsten Erlebnisse. Sie wollte für Denis, Dilara, Marta und Hanno jeweils eine kleine Mappe mit Zeichnungen machen, als eine Art Abschiedsgeschenk. Es gab so viel, woran sie gerne zurückdachte: Die Vorbereitungsklasse, die Bank, Marta mit dem Schuh auf dem Kopf oder das Café Luigi, der verkohlte Braten zu ihrem Geburtstag, Hanno auf ihrem Arm oder die Weihnachtsmarktmütze.

20. Im Flugzeug nach Thailand

Schließlich war der Tag gekommen, an dem Suchin nach Thailand zurückfliegen sollte. Suchins Zeugnis war nicht ganz so schlimm geworden wie erwartet. Die meisten Lehrer hatten doch nochmal ein Auge zugedrückt. Suchin hatte sich von ihren Freunden verabschiedet und ihre Sachen waren gepackt. Ums Handgelenk trug sie das Armband von Dilara und Marta, am Hals baumelte Denis' Kette. Die Verabschiedung von Harald und ihrer Mutter am Flughafen war kurz und seltsam. Suchin drückte Hanno fest an sich und küsste ihn, dann drehte sie sich schnell um und ging zum Check-in.

Eine halbe Stunde später saß sie im Flugzeug. Die Maschine begann zu rollen und sie schnallte sich an. In ihr tobten die Gefühle und ihre Augen schwammen in Tränen. Da zeigte ein kleines Mädchen in der Sitzreihe vor ihr plötzlich aufgeregt aus dem Fenster und gluckste. Automatisch guckte auch Suchin hinaus, und als sie sah, worüber das Mädchen kicherte, setzte ihr Herzschlag für einen Moment aus. Das Flugzeug fuhr gerade an der Aussichtsplattform vorbei, so nahe, dass man die Gesichter der einzelnen Menschen erkennen konnte. Suchin sah Dilara und Marta, die wie wild winkten. Und zwischen ihnen stand Denis, der trotz sengender Hitze die schrille Mütze vom Weihnachtsmarkt trug. Er hielt ein riesiges Schild in die Luft, auf dem stand:

>>*Du bist mein allerschönster Gedanke.*
Ich liebe dich für immer!!!<<

Suchin lachte und weinte zur gleichen Zeit und wäre am liebsten sofort wieder ausgestiegen. Doch das Flugzeug schwenkte gerade auf die Startbahn und begann zu beschleunigen. Kurz darauf hob es ab und Suchin wurde tief in ihren Sitz gedrückt. Noch immer liefen ihr Tränen über die Wangen. Aber zum ersten Mal seit Langem lächelte sie dabei ganz frei. Und kaum war der Steigflug vorbei, setzte sie ihre Kopfhörer auf, schaltete ihren Mp3-Player an und hörte die Playlist, die Denis ihr zusammengestellt hatte.

In Thailand wollte sie alles richtigmachen. Vielleicht war es Zeit aus ihrer *Schlechteste-Dinge-der-Welt-Liste* eine *Beste-Dinge-der-Welt-Liste* zu machen. Sie wusste jetzt, dass es solche Dinge gab und dass es sich lohnte, sich dafür anzustrengen. Ein Kolibri kann auch in Deutschland leben, dachte sie. Wenn da nur etwas oder jemand sein Herz warmhält. Sie würde zu Denis, Dilara und Marta zurückkehren. Ganz bestimmt.

Suchin schloss die Augen und dachte an ihre Großeltern. Sie sehnte sich danach, diese verwitterten, freundlichen Gesichter endlich wieder mit eigenen Augen zu sehen. Und … sie sehnte sich nach Ruhe.